부검
스페셜리스트

부검 스페셜리스트 5

가프 현대 판타지 소설

초판 1쇄 찍은 날 § 2020년 5월 22일
초판 1쇄 펴낸 날 § 2020년 5월 29일

지은이 § 가프
펴낸이 § 서경석

총괄팀장 § 노종아
편집책임 § 박현성
디자인 § 소소연

펴낸곳 § 도서출판 청어람
등록번호 § 제387-1999-000006호
등록일자 § 1999. 5. 31
어람번호 § 제1-3054호

주소 § 경기도 부천시 부일로 483번길 40 서경B/D 3F (우) 14640
전화 § 032-656-4452 팩스 § 032-656-4453
http://www.chungeoram.com
E-mail § chungeorambook@daum.net

ⓒ 가프, 2019

ISBN 979-11-04-92196-4 04810
ISBN 979-11-04-92151-3 (세트)

가프 현대 판타지 소설

5

청어람

부검
스페셜리스트

MODERN FANTASTIC STORY

목차

제1장
—
절대 살인마 VS 절대 검시관

"이, 이게 뭐야?"

백 과장도 소스라쳤다. 권우재가 영상을 보는 사이에 창하는 시신의 입을 체크했다. 영상 따위는 참고 사항. 그게 뭔지는 직접 확인해야 할 일이었다.

"권 선생님."

창하가 권우재에게 눈짓을 보냈다. 남은 여자를 체크하라는 뜻이었다.

"……!"

입안에서 뭔가가 만져졌다. 처음에는 담배꽁초였다. 그다음에 닿은 건 립스틱 케이스…….

'대체…….'

엽기적인 취향에 식은땀이 흘렀다. 시신을 모독하는 범인이 달가울 리 없었다. 이어서 나온 건 쇠붙이였다.

달가락!

샘플 통에 올리니 탄피였다. 대개는 감추고 가는 탄피. 보란 듯이 희생자의 입에 욱여넣었다. 그 엽기적인 여유가 창하의 뇌간을 울렸다.

"우어!"

권우재도 뭔가를 꺼내놓았다. 시신의 엄지손가락이다. 창하역시 엄지를 꺼내놓았다. 입안에서 나온 마지막 물건은 은반지였다. 두 여자의 것이 같으니 커플링이다.

「탄피, 엄지, 립스틱, 은반지」
「탄피, 엄지, 립스틱, 은반지, 담배꽁초」

담배꽁초는 위쪽에서 사망한 여자에게 나왔다.

"으어!"

권우재가 치를 떤다.

극한 도발.

대담무쌍하기 그지없는 도발. 참관자로 들어온 채린과 담당 팀장도 몸서리를 쳤다. 그러나 창하는 점점 더 냉정해졌다.

'메시지…….'

절단된 엄지를 쏘아본다. 거기 실린 메시지를 알 것 같았다. 범인의 메시지는 이중 은유였다. 창하에게 보내는 것이니 내색하지 않고 가슴에 새겼다.

"매그넘탄입니다. 550~700달러면 살 수 있는 Smith & Wesson사의 M317 같네요."

핀셋으로 노란빛 탄피를 집어 든 창하가 말했다. 22구경의 대표 주자는 여러 가지다. LR탄을 사용하는 타우러스사의 M22 시리즈와 역시 LR탄을 사용하는 베레타사의 21bobcat 등등…….

"자신만만한 놈이군. 어쩌 피가 확 끓는데?"

권우재는 긴장 백배였다.

"그렇겠죠. 어쩌면 어디선가 우리를 보고 있는 듯한 기분이 들 정도예요."

창하가 허공을 돌아보았다. 국과수 안의 부검실이다. 그러나 여기 어디 초소형 카메라나 촬영용 드론을 넣어두었다고 해도 할 말은 없었다. 국과수 부검실이 그 정도 보안이 되는 건 아니었다.

권우재는 시신들의 음부를 확인하고 있었다. 이런 엽기라면 그곳도 그냥 두지 않았으리라는 생각이 든 것이다. 하지만 다행인지 불행인지 음부 안에는 이물질이 없었다.

"나름 매너 있네."

권우재가 중얼거렸다.

"선물은 확인했으니 시작하죠?"

창하가 말했다. 범인의 의도가 어떻든 검시관은 부검으로 말할 뿐이었다.

면봉을 꺼내 여러 곳을 체크했다. 볼과 입술, 귀, 목, 가슴과 음부 등등… 어디서건 범인의 타액에 섞인 DNA가 나와주기를 바라면서…….

다음은 핵심 손상 체크였다. 관자놀이의 접사 총상을 따라 머리를 절개했다. 눈동자를 관통한 건 명확했다. 총알은 눈 뒤에 자리한 뼈를 뚫고 전두엽을 차지했다.

'거의 수평…….'

발사 각도를 읽은 창하, 안방에 들어앉은 듯 위풍당당한 살육의 원흉을 핀셋으로 잡았다.

달각!

첫 시신의 총알이 나왔다.

총알에는 특유의 흔적이 있다. 총열 안에 새겨진 나선형 홈 때문이다. 총을 가만히 들여다보면 총열 내부에 물결 모양이 보인다. 이것의 명칭을 '선조'라 한다. 총알이 선조를 통과하면 그 모양을 따라 회전을 한다. 그 덕분에 총알에 선조의 흔적이 남는다. 그것으로 총알이 어떤 총에서 발사되었는지를 알 수 있다. 창하가 확대경을 들이댔다. S & W사의 M317에서 발사된 매그넘탄이 맞았다.

"허엇."

백 과장이 한숨을 내쉰다. 창하의 적중력에 놀라는 것이다.

두 번째 시신도 다르지 않았다. 관자놀이를 치고 들어간 총알은 두 눈을 뚫고 나가 전두엽에 박혔다. 이 또한 거의 수평이었으니 자로 잰 듯한 솜씨였다. 고정된 사격판도 아니고 움직이는 사람. 게다가 골격 구조가 다른 둘. 그럼에도 전두엽에 박힌 총알은 각도와 위치까지 같았다.

전두엽.

머리를 열고도 찾아내기 쉽지 않은 그 부분…….

"엄청난 놈이군."

권우재의 한숨이 나왔다. 총을 아는 그였으니 전두엽에 펼쳐진 상황만으로도 몸서리를 치는 것이다.

총은 위쪽 여자가 먼저 맞았다. 그건 현장에서 체크한 사후 체온으로 가늠이 되었다.

22구경의 선택.

'우연이 아니다.'

창하의 긴장 강도가 올라갔다. 이건 전두엽을 위한 선택으로 보였다. 전두엽에 총알을 박아 넣기 위한… 구경이 큰 권총이라면 머리를 관통하고 나갈 수 있기 때문이었다.

다음으로 손가락을 살폈다. 엄지가 잘려 나간 단면은 정말이지 깨끗했다. 관절의 구조까지 아는 범인이었으니 관절을 꺾은 다음에 칼을 넣었다. 중수골과 기절골 사이를 탈구시키고 잘랐으니 기막힌 절단술이었다. 이 절단은 시신들이 사망하기 전이었다. 그렇기에 출혈이 많았다. 즉 머리를 쏘고 죽어가는 동안 절단한 것이다. 다만 뇌가 부풀면서 고통의 궁극에 달했을 테니 손가락 잘리는 고통은 추가로 느끼지 않았을 것 같았다.

그 외에 특별한 소견은 없었다. 위에 든 내용물은 평범했고 독극물이나 마약 등은 나오지 않았다.

황당한 건 총알과 탄피의 검사 결과였다. 시신들의 DNA 외에 무엇도 나오지 않았다. 그러니까 범인은 밀착형 장갑을 꼈는 뜻이었다. 장전부터 발사, 탄피를 수습해 입에 쑤셔 넣은 것까지.

손가락의 손상 부위도 마찬가지였다. 범인은 흔적을 남기지 않았다. 남긴 것은 시신의 히프에 쓴 창하에 대한 도발뿐.

'도발할 만한 능력자군.'

창하의 피가 끓기 시작했다.

"⋯⋯!"

회의실에 깊은 정적이 흘렀다. 미궁 살인 이후로 최악의 부검이었다. 사망의 원인은 뚜렷한데 범인에 관한 단서가 나오지 않은 것이다.

창하가 기대하던 입안 샘플도 그랬다. 이물질이 나오긴 했다. 그러나 DNA가 아니라 김장용 라텍스 장갑이었다. 노란 형광빛 입자들⋯⋯.

나아가 탄피의 로트 번호. 그걸로 확인하니 생산 연도가 오래되었고 당시 이 라인으로 생산된 총알만 200,000발이었다. 생산 국가는 미국. 온갖 루트로 팔려 나갔을 테니 그 확인은 강변에서 깨알 찾기가 되어버렸다. 도움이 되지 않는 것이다.

더 심각한 건 족적이다. 창하가 특정한 자리에서 족적을 건졌다. 장소는 수많은 사람들이 드나드는 연습장. 그렇기에 사건이 벌어진 방에서 나온 것만 80여 개였다. 창하의 훈수가 없었다면 수사력만 낭비했을 일이었다.

그 또한 범인의 페이크였다.

족적을 추적하다가 신발을 찾았다. 범행 현장에서 그리 멀지 않은 식당의 음식물 쓰레기통이었다. 특별한 은폐도 없이 그냥 버렸다. 삼선 슬리퍼였다. 거기서 DNA가 나왔다. 다행히 절도 전과자의 것이었다. 노숙자가 된 그를 수소문해 체포했다.

그가 한 말이 걸작이었다.

"술에 취해 홍대 뒷골목에서 잠들었는데 어떤 새끼가 쌔벼 갔어요. 세상에 노숙자 신발 쌔벼 가는 놈도 있네. 꼭 좀 잡아서 콩밥 먹여주시오."

그 말은 맞았다. 그의 알리바이는 명쾌했으니 주정뱅이로 신고를 받았고 출동한 경찰에 의해 지구대로 연행되었다. 술도 만땅이었고 사건 시간과도 같은 시각대. 만취한 몸으로 벌일 만한 사건이 아니었으니 보기 좋게 당한 셈이었다.

기타 머리카락과 담배꽁초 역시 비슷한 길을 가고 있었다. 수사의 혼선 야기. 차라리 나오지 않은 것만도 못한 단서들이 되고 있었다.

사망자들의 핸드폰 포렌식도 소득이 없었다. 최근 들어 이상한 낌새가 있거나 신변의 위협을 받은 정황도 없다. 결론은 완벽한 오리무중이었다.

헛발질은 국과수도 마찬가지였다. 시신의 몸에서 DNA가 나온 것이다. 입술과 유두, 목과 팔뚝… 그러나 그 DNA는 시신들 자신의 타액이었다.

'음…….'

창하는 생각에 잠겼다. 현장과 부검을 매칭하는 것이다. 미궁 살인의 유령 같은 범인도 잡아냈던 창하였다. 그렇다고 해서 범인을 깔보지 않았다. 대놓고 도발하는 범인이었으니 쉬운 상대는 아니었다.

─레즈비언 커플.
─관자놀이 접사.
─22구경 권총.
─엄지손가락 절단의 메시지.
─예리한 나이프.

—노란색 라텍스 장갑.

—삼선 슬리퍼.

—엉덩이에 남긴 필적.

팩트만을 모아 범인을 유추해 나갔다.

범인은 섬세했다. 잔혹하지만 치밀하다. 시신은 침대 위에 있었다. M317 모형과 관자놀이, 그리고 발사 각도를 계산했다. 그사이에 상세 족적 분석이 들어왔다. 수많은 족적 중에서 선명한 삼선 슬리퍼의 족적만으로 구성한 동선이었다. 수아의 작품이었다.

총알 발사 위치의 족적에 주목했다. 족적 분석에 연결하니 창하의 분석도 완성되었다.

"이 부분 말입니다."

창하가 족적 앞의 위치를 짚었다.

"네?"

채린이 고개를 들었다.

"범인의 무릎이 닿았을 겁니다. 이 부분에서 뭐든 채집하라고 하세요."

"무릎이 닿다뇨?"

"더불어 범인의 키는 178㎝ 안팎입니다."

"선생님?"

"총상 말입니다. 위쪽의 여자는 오른쪽 관자놀이, 아래의 여자는 왼쪽 관자놀이입니다. 그러나 총알은 거의 수평이었죠. 침대 위에서 애무 중인 두 사람을 수평으로 쏘려면 범인 또한 자세를 낮춰야 합니다. 이렇게."

창하가 시범을 보여주었다. 한쪽 무릎을 땅에 댄 자세였다.

"만약 서서 쐈다면 총탄이 관자놀이에서 수평으로 들어갈 리 없습니다."

"아……."

"무릎 접촉의 흔적이 하나뿐이라면 오른손잡이일 겁니다. 왼손이라면 역시 아래의 여자에게 박힌 총탄 각도가 다르게 나와야 합니다. 이렇게 손이 옮겨 갈 테니까요."

창하의 손이 사격 자세를 취했다. 위를 쏘고 아래를 겨누면 각도상 총신이 기운다. 관자놀이를 쏴서는 같은 수평이 나올 수 없는 각도였다.

"알겠습니다."

채린이 전화기를 뽑아 들었다.

띠링!

회의가 계속될 때 채린의 전화기가 울렸다.

"뭐야?"

전화를 받은 채린의 표정이 밝아졌다.

"선생님 말한 자리에서 섬유 조각이 나왔답니다. 지금 긴급 분석 중이랍니다."

"오예!"

권우재가 쾌재를 불렀다. 그래도 창하의 얼굴은 시원하게 풀리지 않았다.

신장, 오른손잡이, 미국에서 생산된 총알, 노란 장갑, 삼선 슬리퍼, 엄지손가락 절단, 레즈비언 대상…….

범행 현장과 부검으로 도출된 사안을 맞춰보지만 그 퍼즐은 여전히 난해할 뿐이었다.

"충성!"

이틀 후, 창하가 다시 현장을 찾았다. 현장을 지키던 의경이 자리를 비켜주었다. 수사는 일단 비공개로 결정이 되었다. 킬러를 방불케 하는 살인에 창하를 특정한 수법. 일반 국민들에게 알려지면 공포심을 조장한다고 판단한 것이다. 그 이면에는 총기 살인의 특성도 고려가 되었다.

창하의 동선 시작은 삼선 슬리퍼의 출처부터였다. 홍대 인근에 얼마 남지 않은 옛날 주택가였다. 범인은 이 지역 지리를 잘 알고 있었다. 아니, 어쩌면 이조차 트릭일 수 있었다. 범행 대상을 미리 정했다면 사전 조사로도 알 수 있는 일이었다.

"팀장님."

창하가 동행한 채린을 바라보았다.

"걱정 마세요. 이 근방과 사건 빌딩을 중심으로 반경 500미터 내의 모든 CCTV를 체크하고 있어요. 계획 살인이라면 현장 탐방을 왔었을 테니까요. 178㎝ 정도의 키에 날렵한 체구."

채린이 앞서 걸었다. 날렵한 체구는 침대 아래에 찍힌 무릎의 흔적에서 건진 정보였다. 흔적의 면적으로 보아 비만 체구는 아니었다.

슬리퍼에서 건물까지는 약 400m. 범인이 접근할 수 있는 길은 네 곳이었다. 그러나 그중 하나가 홍대 메인 도로였다. 절취한 슬리퍼를 사건 건물 앞에서 갈아 신었다면 카메라 체크도 도움이 될 수 없었다.

하지만 경찰청 과학수사센터도 그렇게 헐렁하지는 않았다. 테라 단위의 CCTV를 체크해 용의자를 선별해 나갔다. 창하가 없다면 시간대를 중심으로 체크했을 경찰청 과학수사센터. 178㎝에 날렵하다는 것만으로도 엄청난 작업 속도를 냈다.

"선생님, 사건 발생이 인접한 시간대에서 32명을 추렸답니다. 일부는 신원 확인에 들어갔고요."

실시간으로 들어오는 수사 상황은 채린이 알려주었다.

창하는 사건 건물 앞에 있었다. 주택에 인접한 곳이라 주변 건물들도 그리 높지 않았다. 출입구에서 동선을 그려볼 때 다시 채린 손의 핸드폰이 울렸다.

"……!"

그녀 미간이 확 일그러졌다. 반가운 소식이 아닌 모양이었다.

"미치겠네."

통화를 끝낸 그녀가 허공을 후려쳤다.

"나쁜 소식입니까?"

"추가 범행입니다."

"추가 범행?"

"차로 가시죠. 동대문이라는군요."

"또 총기사입니까?"

"예."

채린이 차에 올랐다. 창하 역시 그 뒤에 파킹한 자기 차에 올랐다. 채린이 경광등을 울리기 시작했다.

"……!"

현장에 도착한 창하, 한 번 더 전율을 맛보았다. 동대문 시장 건너의 상가 쪽이었다. 입구 쪽은 유동 인구가 많은 곳. 곱창 가게를 지나 뒷골목의 3층 빌딩 지하였다. 원래는 학사 주점집이었지만 가게가 망해 비워두었던 곳. 그곳을 임대해 아담한 바를 차리려고 준비 중이던 주인이 비극의 주인공이었다.

시신은 테이블에 상체를 기댄 상태였다. 총알은 홍대 사건처럼 관자놀이를 뚫었다. 엄지를 절단한 것도 같았다. 머리와 손가락에서 쏟아진 피로 보아 이번에도 뇌간이 아니라 전두엽. 손가락 또한 의식이 희미해지는 동안에 절단한 것이다.

장갑을 받아 끼고 입안을 체크했다. 엄지와 탄피가 나왔다.

"……."

창하의 시선은 시신의 등에 있었다. 어깨까지 걷어 올린 옷. 훤하게 드러난 등에 글자가 보였다.

「To 이창하 검시관」

글자의 성분은 케첩이었다.

"이 개자식, 잡히기만 하면⋯⋯."

채린이 폭주하는 동안 창하가 현장을 돌아보았다. 대담하게도 대낮 총기 살인. 그렇다면 주인은 범인을 보았을 수 있었다. 주인은 앞치마를 두르고 손에는 목장갑을 끼었다. 목장갑은 오른쪽이 조금 헐렁했다. 범인이 손가락 절단을 위해 만진 것일까?

저항흔은 없었다. 실내와 테이블 위의 풍경이 그걸 말해주고 있다. 범인은 주인과 안면이 있는 것일까?

생각하는 사이에 감식 팀이 다가왔다.

"족적 좀 딸게요."

채린이 말한다.

"발사 위치는 여기 같습니다."

창하가 가리킨 곳은 수평 발사가 가능한 자리였다. 감식 팀이 시신의 장갑을 수거하고 앞치마를 벗겼다. 그런 다음 족적 추적에 나섰다.

─처음에는 동성애자.

─두 번째는 보통 남자.

보통 남자라고 생각한 건 경찰의 정보 덕분이었다. 피살된 주인이 결혼해서 딸 둘을 두고 있었던 것. 하지만 그 정보는 곧 바뀌고 말았다.

"결혼을 했지만 남자 애인이 있답니다."

남자 주인에 남자 애인.

결국 이 남자도 동성애의 범주에 들었다.

―범인은 동성애 혐오자?

―아니면 이것조차 페이크?

두 번째 도발 현장.

범인은 처음과 같은 루틴으로 움직였다. 그렇다면 유전자나 지문은 나오지 않을 것이다. 물론 그렇다고 해서 미리 포기할 수도 없었다. 전과 다른 것은 남자가 대상, 그리고 흐트러진 오른손의 목장갑.

주방의 풍경을 보니 주인은 메뉴 요리를 만들고 있었다. 도마 위에는 잘린 생닭과 함께 대충 벗어둔 비닐장갑이 놓여 있다. 닭을 보니 다 자르긴 했지만 그릇에 담지 않은 상태다. 범인은 이때 등장했다.

비닐장갑을 벗어놓고 나와 손님을 맞았다. 헐렁해진 목장갑 하나. 그건 비닐장갑을 벗을 때 움직인 걸까? 그렇게 보자면 왼손과 너무 대조가 되었다. 왼손의 목장갑은 손살에 견고하게 밀착되어 있는 것이다.

경찰의 감식이 끝난 손을 바라보았다. 엄지가 잘려 나간 오른손. 혈흔만 제외하면 굉장히 깨끗했다. 반면 왼손은, 닭 피가 배어들어 얼룩이 졌다.

면식범.

목장갑.

창하가 생각에 잠긴다.

누구든 손님이 오면…….

뭘 하지?

—악수하지.

"아!"

창하가 손뼉을 쳤다. 상큼한 파열음이 가리키는 건 주인의 앞치마였다.

*   *   *

주인의 앞치마.

창하가 원하는 것이 있었다. 무려 세 명의 DNA가 나온 것. 둘의 양은 작았고 한 DNA는 양이 많았다. 주인이 그와 악수를 한 것이다. 이제야 장갑이 헐거운 게 이해가 되었다. 생닭을 자르던 주인, 범인이 들어오니 장갑을 벗고 악수를 했다.

그러나 주인의 '손'에는 범인의 DNA가 없었다.

어떻게 된 걸까?

홍대의 경우처럼 김장용 장갑을 낀 걸까?

창하가 고개를 저었다.

악수는 장갑을 끼고 하지 않는다. 설령 범인이 끼고 들어왔다고 해도 주인이 벗었다면 그도 벗는다.

'그럼⋯⋯.'

그 이유는 주인의 오른손에 있었다. 왼손에 비해 깨끗한 게 단서였다. 악수를 한 범인, 자신의 세포나 땀의 흔적이 주인 손에 묻을 걸 우려했다. 그렇기에 주인의 손을 씻겼다. 총을 쏜 직후거나 엄지를 절단하기 직전으로 보였다.

그래서 오른손과 왼손의 장갑 밀착도가 달랐던 것이다.

검출된 DNA 셋 중 한 사람이 범인일 가능성이 높았다. 거기에 더해 면식범이다. 신장은 178㎝ 정도. 이번 발사 각도와 족적으로도 그렇게 증명이 되었다.

부검이 진행되는 동안 경찰은 주인의 핸드폰을 포렌식 하고 주변 인물을 뒤졌다. 178㎝를 전후한 남자로 압축하니 20여 명이 나왔다. 그들의 DNA를 채취해 대조 검사에 돌입했다.

그 시각, 창하는 부검에 몰입하고 있었다.

총상은 기가 막히게도 똑같았다.

'진짜 프로페셔널……'

이 정도면 미국 특수부대 출신이거나 전문 킬러라고 봐도 무방할 정도였다. 먼저 희생당한 두 여자와 이번 시신의 사입구를 대조하니 싱크로율이 99% 이상이었다. 게다가 짧은 살인 간격. 연쇄 살인마들은 말한다. 그들이 살인을 멈추는 경우는 단 두 가지뿐이라고.

죽거나, 교도소에 가는 것.

이 미친 살인마. 한시라도 바삐 검거를 해야 했다.

"인간이 아니네요."

"그러게. 표적도 아니고 살아 있는 사람을 이렇게 균등하게 쏠 수 있다니……"

"저는 군대에서 표적도 잘 못 맞혔어요. 덕분에 1등 전사도 못 해봤고요."

부검을 지원하던 원빈과 광배가 몸서리를 친다.

창하는 총구 자국에 집중했다. 초보라면 총구를 협박용으로 쓴다. 관자놀이를 겨누며 자신에게 유리한 상황으로 피해자를 몰아가는 것이다. 그러나 세 희생자 모두 총구의 압박 흔적은 약했다.

'응?'

사입구를 절개하려던 창하, 그 시선이 머리카락에서 멈췄다. 주변 머리에 비해 가운데 머리가 헤쳐진 것이다.

"혹시 시신 머리카락 손댔어요?"

두 어시스트에게 물었다.

"아뇨."

원빈과 광배가 고개를 저었다.

"……?"

창하의 눈빛은 시신의 머리카락에서 떨어지지 않았다. 가운데 부분만 부스스하게 헤쳐진 시신. 손을 내밀어 그 부분을 움켜쥐었다. 잠시 후에 놓으니 머리카락이 슬며시 흩어졌다.

'아!'

영감이 건너왔다. 가운데 머리가 일어난 건 범인 때문이었다. 머리카락을 움켜쥐고 사살 장소로 몰아간 것이다.

"이거 DNA 검사 좀 의뢰하세요. 범인이 머리카락을 움켜쥐었던 것 같아요."

그 부분의 머리카락을 잘라 원빈에게 주었다.

바로 그 순간 채린에게서 전화가 들어왔다.

─선생님.

그녀의 목소리가 높았다.

"뭐 나온 거 있습니까?"

─범인 잡았습니다.

"예?"

─체포했다고요. 앞치마에서 나온 DNA의 주인공. 신장은

174㎝. 신발 고려하면 178㎝ 범주에 듭니다. 사건 발생 시각에 그 장소에 간 것도 확인이 되었습니다.

"총기는요?"

─지금 압송 중이니까 심문하면 나올 겁니다. 일단 그런 줄 아세요.

"오예!"

전화를 끊은 창하가 쾌재를 불렀다.

"범인 잡았답니까?"

원빈과 광배가 동시에 물었다.

"그렇다네요."

"아싸!"

원빈이 주먹을 불끈 쥐며 흥분했다. 광배도 훌쩍 달아올랐다.

남은 부검도 일사천리로 끝났다. 사입구와 총알의 위치, 탄피와 총탄이 모두 홍대의 경우와 일치했다. 동일범의 소행인 것이다.

"으아, 이 엽기적인 인간도 결국 우리 이 선생님이 잡아내는군요?"

광배의 목소리에는 뿌듯함이 가득했다.

"두 분 덕분이죠."

"아이고, 말씀이라도 고맙습니다."

"그런 의미에서 저녁은 제가 쏠까요?"

"아뇨. 오늘은 제가 쏘겠습니다."

"천 선생님이 왜요?"

"왜라뇨? 솔직히 연봉은 제가 더 많지 않습니까? 공무원 연봉은 짬밥순이라는 거 모르세요?"

광배가 웃었다. 그건 사실이었다. 5급 1호봉보다야 6급 30호봉이 2배 가까이 많았다.

"알았죠?"

봉급표까지 들이댄 광배가 의미심장하게 웃었다. 그 마음을 알기에 콜을 받았다.

식당으로 가기 전, 고무적인 중간 결과가 들어왔다.

─용의자와 홍대 쪽의 연관성도 드러났어요. 중고 기자재 취급상인데 홍대 연극 연습장의 소품을 대여한 적이 있고요. 동대문 현장에도 중고 주방 기구를 납품한 것으로 나왔어요.

채린은 후끈 달아올라 있었다.

─살인 동기도 충분해요. 양쪽 다 납품 대금을 받지 못했다는 거예요. 그래서 말다툼도 한 적이 있고요.

여기까지는 그럴듯했다. 그렇다고 모든 게 순조로운 건 아니었다.

─살인은 결백하다는 쪽이에요. 하지만 가택과 사무실 수색에서 불법 소지 중인 산탄총이 두 자루 나왔고요. 군 특수부대 출신으로 사격도 특등 사수였네요. 권총은 어딘가 따로 숨겨놓았을 것 같아서 계속 추궁 중이에요.

"수고 많으시네요."

ㅡ이런 수고는 사서도 해야죠. 오늘 밤 안으로 자백 받아내고 권총 찾아서 연락드리겠습니다.

채린이 전화를 끊었다.

「엽기 총기 살인 범인 검거」

「군 특수부대 출신의 빗나간 살인 행각」

「원 샷 원 킬에 신체 일부를 훼손한 잔혹 살인」

「거래대금 못 받자 앙심을 품고 권총 사살」

「두 번째 사건 사망자의 앞치마에서 나온 DNA가 결정적 역할」

「경찰, 범행에 쓰인 권총 출처 파악과 확보에 전력투구」

식사 중인 식당 텔레비전에 속보가 나오고 있었다. 경찰은 이 사건을 비공개에 부쳤다. 그러나 모든 기자가 모르는 건 아니었다. 경찰청 출입 기자는 수십 명. 사건의 중대성을 감안해 엠바고를 요청해 두었다. 하지만 범인이 검거되고 보니 기자들의 일부가 엠바고를 깨버린 모양이었다.

"어우, 우리 이 선생님 말은 한마디도 안 나오네?"

불낙지를 먹던 원빈이 볼멘소리를 냈다.

"그러게. 밤낮으로 불러다 시켜먹더니 말이야."

광배도 동참을 한다.

"그게 무슨 상관 있어요? 범인 잡았으면 됐지."

창하가 둘을 위로했다.

"그나저나 권총은 어디서 난 거야?"

"중고 물건 종합 거래상이라잖아요? 해외 물건까지 취급하니까 그때 슬쩍 들여왔나 보죠."

"하긴 옛날에 장교들 보면 지가 쓰던 권총 가지고 제대하는 인간들도 있었어. 군에는 분실로 신고하고 말이야."

"저도 그런 인간 봤어요. 제대하면 징계고 나발이고 신경 쓸 거 없으니까요."

"하여간 사람은 그만둘 때 봐야 인성 알 수 있다니까."

"그런데 천 선생님."

원빈이 주인 눈치를 보면서 말꼬리를 이었다.

"이 집 음식 맛 좀 간 거 같지 않아요? 주방장 바뀐 거 아닐까요?"

"좀 그렇지? 이제는 요리에도 주방장 DNA를 표기하든지 해야지 원."

"아, 아까 그 머리카락 DNA 분석은 어떻게 되었어요?"

그제야 생각이 난 창하가 원빈에게 물었다. 채린의 낭보를 받느라 결과를 챙기지 못한 것이다.

"뭔가 있기는 한데 미량이라 PCR로 유전자 증폭 중이라고 들었는데요?"

"지금쯤 결과 나왔을까요?"

"체크해 볼까요?"

"그래 주세요. 증거가 하나라도 더 나오면 자백이 빨라질 테니……."

"알겠습니다."

원빈이 전화기를 뽑아 들었다. 유전자분석 팀은 오늘 야근이다. 이 사건 말고도 화재 사망 사건이 있었기 때문이다.

"아, 강 선생님, 저 우원빈인데요……."

원빈이 전화를 걸었다.

"선생님."

통화를 마친 원빈의 표정이 잔뜩 굳었다.

"왜요? 나온 게 없답니까?"

"그게 아니고……."

"아, 뭔데 그래? 빨리 말씀드려."

옆자리의 광배가 원빈을 다그쳤다. 그제야 원빈이 뒷말을 붙여놓았다.

"검출된 DNA가 앞치마에서 나온 것과 다르다는데요?"

"예?"

창하 시선이 발딱 솟구쳤다.

다르다니?

"확실합니까?"

"예. 앞치마에서 나온 것과 대조까지 해보았답니다."

원빈이 카톡으로 전송된 결과를 내밀었다.

"뭐야? 그럼 경찰이 헛발질이라는 거야? 아니면 범인이 둘이라는 거야?"

광배가 중얼거리는 사이, 창하는 결과지를 읽었다. 그 순간 머리에 강력한 번갯불이 스쳐 갔다.

아뿔싸!

페이크.

이 또한 페이크였다.

"두 분 천천히 드시고 가세요. 저 먼저 좀 일어날게요."

"선생님, 선생님."

원빈과 광배가 부르는 소리를 뒤로하고 차량으로 달렸다.

부릉!

미친 듯이 시동을 걸었다. 목적지는 경찰청이었다.

범인……

창하와 경찰을 희롱하고 있었다. 범인이 아닌 사람을 범인으로 예단케 해 개망신을 주고 있는 것이다. 하지만 놈도 실수를 했다. 기자재 취급상을 범인으로 몰기 위해 줄인 시간차. 덕분에 DNA를 흘렸다. 범행을 위해 김장용 장갑을 낄 때 서둘렀다는 얘기였다.

"선생님."

경찰청에 도착하니 채린이 달려 나왔다.

"우리가 체포한 사람이 진범이 아니라고요?"

그녀가 물었다.

"예. 족적 뜬 거 있죠. 그것 좀 보여주세요."

"족적은 왜요?"

"기자재 취급상이 다녀간 시간과 사망 시간의 시차는 길어야 한 시간입니다. 범인은 뇌간이 아니고 전두엽을 쐈으니 희생자가 총에 맞은 후로 30분까지도 살아 있었을 수 있고요."

"……."

"그 말은 곧 취급상이 나간 지 얼마 되지 않아 범인이 나타났다는 뜻입니다."

"확실한 건가요?"

"범인이 희생자 머리카락을 움켜쥐면서 남긴 DNA 결과입니다. 지난번처럼 노란 장갑의 색소 일부가 함께 나왔어요."

창하가 DNA 결과를 내밀었다.

"외국인?"

채린이 소스라쳤다. 창하가 내민 화면의 결과가 그랬다. 한국인의 DNA와 달랐다. DNA의 위력이다. 출신 국가는 물론, 시, 도까지 좁혀갈 수 있는 게 DNA였다. 한국인의 표준 DNA 역시 서울 사람과 제주 사람이 다른 것이다.

"100%는 아니고 부모 중의 한 사람이 한국인입니다. 서둘러 주세요."

"그럼 지석붕부터 풀어줘야 하잖아요?"

채린이 말했다. 지석붕은 심문 중인 기자재 취급상이었다.

"잠시만요. 족적을 본 후에 확인할 게 있습니다."

"알았어요. 야, 배 경위."

채린의 지시가 떨어졌다.

화면이 넘어갔다. 경찰청은 이미 족적의 동선까지 잡아놓고
있었다. 족적은 주인이 희생당한 테이블 주변에 많았다. 범인
이 테이블을 택한 이유가 거기 있었다. 족적으로 범행 심증을
완성시키려는 의도였다.

"다른 거요."

창하가 손을 저었다. 지석붕이 범인이 아닌 것을 안 이상
그 족적에 매달릴 필요가 없었다. 족적은 많았다. 식당을 하
던 곳이기 때문이다. 모양이 제대로 나오는 것을 중심으로 해
도 수십 개가 넘었다. 창하의 시선은 가장 낡은 족적에 꽂혔
다. 앞뒤 축이 닳아 사이즈 구분도 어려운 등산화 족적······.

"지석붕 것도 등산화였죠?"

창하가 물었다.

"네."

"같이 매칭시켜 주세요."

창하가 요청하자 두 개의 족적이 한 화면에 나왔다. 닳은
곳을 제외하면 거의 같은 사이즈, 게다가 바닥 문양도 같았
다.

"이 낡은 족적 동선 좀 부탁합니다."

창하가 주문하니 배 경위 손이 빨라졌다. 5분쯤 지나자 낡

은 신발의 동선이 나왔다. 식당 벽 가까이 붙어와 테이블로 향한다. 디테일을 살리니 지석붕의 족적과 겹친다.

'빙고.'

이렇게 수사진의 눈을 속인 것이다. 정말이지 치가 떨리는 지능범이었다.

"바깥쪽 동선을 잡아주세요."

창하의 요청이 빨라졌다. 출입구 밖은 골목이다. 지석붕의 차량이 섰던 곳. 낡은 족적은 차량 후미에서 시작되고 있었다.

"됐어요. 이제 지석붕에게 가요."

창하가 일어섰다.

"선생님."

채린이 창하를 잡았다. 무슨 생각인 건지 궁금한 것이다.

"신발요, 둘 다 지석붕의 차에서 시작되었습니다. 문양이 같으니 한 사람이 왔다 갔다 한 것으로 생각했겠지만 실은 두 사람입니다. 아마 이 낡은 족적도 지석붕의 신발이었을 가능성이 높습니다."

"그럼 공범?"

"그건 아닌 것 같습니다. 일단 신발부터 확인하죠. 제 말이 맞는지 틀리는지."

창하의 눈은 벌써 조사실로 가 있었다.

"······!"

조사실, 채린과 배 경위의 눈빛이 출렁 흔들렸다. 지석붕에게서 나온 대답 때문이었다.

"차에 두었던 제 헌 등산화가 없어진 거 맞습니다."

경찰은 거기서 한 번 더 뒤집혔다. 언론의 엠바고. 기자들이 깬 게 아니었다. 확인해 보니 누군가가 언론사에 제보를 했던 것. 범인의 짓이었다.

제2장

—

네가 뛰면 나는 난다

"거기에 대해 자세히 말해보세요."

채린이 물었다.

"나도 잘 모릅니다. 느닷없이 거래처 사람이 총 맞아 죽고 범인으로 몰리니… 산탄총 불법 소지한 거야 백번 잘못이라지만 당신들 같으면 제정신이겠습니까?"

"저 국과수 이창하 검시관입니다. 사장님이 범인 아니라는 거 압니다. 그러니 수사 협조를 좀 부탁드립니다."

창하가 나섰다.

"국과수 검시관?"

"헌 신발 말입니다. 현장에서 신던 것과 같은 거였죠?"

"그래요. 내가 그 신발이 편해서 10년째 같은 것만 신고 있습니다."

"어디서 사라졌나요?"

"정확히는 모릅니다. 새 신발 사면서 차 뒤에다 비상용으로 던져두었거든요. 나같이 배달하는 사람은 가끔 예비용이 필요해서요. 내 생각에는 그 가게 갈 때까지는 있었습니다. 물건 내릴 때 걸리적거려서 밀어둔 기억이 있거든요."

"틀림없죠?"

"그래요. 그러니 풀어나 주세요. 산탄총 그냥 폼으로 산 거지 범죄 저지르려고 산 거 아니라고요. 군에서 특등 사수였던 건 맞지만 표적 외의 산 생명에게 총 쏴본 적도 없고요."

"지석붕 씨."

채린이 끼어들었다.

"내 말 잘 들어요. 당신이 범인이 아니라면 진범이 당신을 범인으로 몰았어요. 즉 범인은 당신을 알고 있다는 거죠. 그러니 수사에 협조하셔야만 누명을 벗을 수 있어요."

"아, 씨발, 대체 어떤 새끼가 나처럼 선량한 사람을……"

"범인은 당신과 거의 같은 시간대에 움직였습니다. 어쩌면 그가 당신의 헌 신발을 가져간 것도 같고요."

"……?"

"그러니 잘 생각해 보세요. 당신과 비슷한 신체 조건을 가진 남자. 이 용의자는 한국계 혼혈이니 어디선가 부딪쳤다면 생각날 겁니다."

"혼혈요?"

"뭐 짚이는 게 있나요?"

"내 밑에 애들 둘은 다 동남아 애들인데……."

"골목에서 본 사람은요?"

"아, 물건 배달하기 바쁜데 누가 골목 사람들까지 일일이 신경을 씁니까?"

"지금 신경 쓸 상황이잖아요? 당신, 총기 살인이 아니어도 이것저것 범법 행위가 쏠쏠하던데요? 종업원들 구타에 불법 거래까지……."

"아, 씨… 그거야 장사하다 보면……."

"잘 생각해 보세요. 그럼 우리도 그런 거 잊어버릴 수 있습니다."

"골목은 모르겠고 작년 연말에 동성애자들 축제에 물건 납품하면서 일당 싼 외국 애들 며칠 알바로 부린 적 있습니다. 혼혈이든 외국인이든 그거밖에 생각나는 게 없으니까 알아서 하세요."

"동성애자들 축제라고요?"

"그래요. 뭐 그것도 범법입니까? 요즘은 정부에서도 팍팍 지원하던데."

"그 자료 좀 보여주세요."

"자료는 당신들이 다 털어 갔다면서요? 내 노트 뒤쪽에 보면 나올 거요. 이름하고 전화번호… 외국인 소개 업체에서 소개받은 거라 그 이상은 몰라요."

"뒤져봐."

채린이 배 경위를 돌아보았다.

압수된 장부를 뒤지니 그런 내용이 있었다. 머릿수는 모두 12명이었다.

전화번호부터 막혔다. 12명 중에 9명이 전화를 받지 않았다.

―지금 거신 번호는…….

불법 체류자들이 많다 보니 상당수가 대포 폰이었던 것.

별수 없이 수사 팀이 소개 업체를 찾아갔다.

"미안하지만 우리가 한 달에 상대하는 애들이 보통 1,000명이 넘거든요."

50대 여자 사장이 난색을 표했다. 그래도 길은 있었다. 작년, 외국인 불법취업자에게 강도를 당하면서 CCTV를 설치해 둔 것. 혹시 몰라 컴퓨터에 차곡차곡 받아두고 있었으니 수사진에게는 천신만고의 소득이었다.

첫새벽, 마침내 경찰청 과학수사센터가 개가를 올렸다. 범인으로 보이는 한국계 호주인의 영상을 찾아낸 것. 날짜를 대조했다. 동성애 축제 기간 직전이었다.

출입국관리소를 체크하니 입국 일자가 나왔다. 그의 입국 일은 동성애 축제가 시작되기 한 달 전이었다. 당시 그와 알바를 함께한 필리핀인을 어렵사리 찾아냈다.

"저랑 같이 움직였어요. 지지 서명도 한걸요."

"다른 수상한 점은 없었나요?"

"별로요. 우린 물건 나르느라 바빴으니까요."

"잘 생각해 보세요."

"음… 아, 한 가지 있기는 한데……."

"뭐죠?"

"끝날 때였어요. 주최 측에서 지지 서명을 받고 있었는데 우리도 동참을 했거든요. 그때 서명 명부를 몰래 찍었던 거 같아요."

"서명 명부를요?"

"내가 그런 거 뭐 하러 찍냐고 했더니 그냥 한국의 추억이라고 하더라고요."

"추억?"

"그러고 보니 이런 말도 했던 거 같아요. 한국인들에게도 기막힌 추억을 안겨줄 생각이라고."

추억.

그게 총기 살인의 암시였다.

지지 서명 명부.

경찰은 그게 필요했다. 그 안에 홍대 희생자들과 바 주인이 있는지를 확인해야 했다. 수사진은 다시 분주해졌다.

다음 날 오전, 채린에게 전화가 들어왔다.

―선생님.

"아, 팀장님."

―서명 명부 찾았습니다. 용의자의 서명도 나왔고요. 필적 감정했는데 시신 몸에 남긴 글자체와 거의 일치합니다.

"나이스."

창하가 환호했다. 엔돌핀보다 4,000배나 강하다는 다이돌 핀이 콸콸 쏟아지는 것 같았다.

―홍대 피살자와 바 주인은 같은 페이지에 서명이 있었습니다. 다음번 희생자가 나온다면 이 페이지에 있을 것 같은데 양쪽 페이지에 적힌 서명자만 80명입니다. 당시 알바에 나갔다가 서명한 네 명을 제외하고 피살자 셋을 제외하면 47명이 남는데 다음 번 타깃이 누굴 것 같습니까?

다음 번 타깃.

채린이 묻는 이유는 명확했다. 범인은 창하에게 경고를 보냈다. 그렇다면 창하에게 각인이 되는 방법을 쓸 수 있었다.

미궁 살인을 밝혀낸 창하였다. 그때는 마방진이 해법의 하나가 되었었다. 그렇다면 용의자도 마방진을 쓸까?

'아니지.'

창하가 고개를 저었다. 피살자들의 나이부터 그랬다. 마방진과는 관계가 없었다. 하지만 관계가 없다고만 할 수도 없었다. 마방진은 나이로만 만드는 게 아니었다. 별자리로도 상징할 수 있는 것이 아닌가?

'피살자들 생년월일……'

그 자료에 날짜를 맞췄다. 각각의 생일에 대입되는 수호성이 따로 있다. 마방진은 차수에 따라 토성, 목성, 화성, 금성, 수성 등을 상징하기 때문이다.

하지만 그것도 아니었다.

생각을 짚어갈 때 희생자들의 전화번호가 눈에 들어왔다. 홍대의 두 피살자… 끝 번호가 25와 34였다.

'25와 34?'

창하 머리카락이 우수수 일어섰다.

"팀장님, 바 주인 말입니다. 핸드폰 번호 좀 알 수 있을까요? 끝 번호요."

—43인데요? 6743.

"억!"

창하가 신음을 토했다.

—왜 그러세요?

"그렇다면 범인의 다음 타깃은 전화번호가 52로 끝나는 사람입니다. 이번에는 전화번호 마방진이네요. 미궁 살인의 차례는 9차 마방진의 왼쪽 첫 번째 수직부터였지 않습니까? 이번에는 오른쪽 두 번째 대각부터입니다. 미궁 살인을 해결한 방식을 응용해서 저를 농락하려는 것 같습니다."

—52요? 알겠습니다.

채린의 전화가 끊겼다.

'후아.'

긴 한숨이 나왔다. 범인, 궁금하기 짝이 없었다. 대체 무슨 목적으로 이런 행각을 벌이는 걸까? 단순히 그 자신을 과시하기 위한 것일까? 아니면 창하에게 원한이 있는 것일까? 아무리 생각해도 호주의 혼혈인에게 진 원한은 없었다. 호주 근처에도 가지 않은 것이다.

전화번호에 52가 들어가거나 끝나는 사람은 모두 8명이었다. 한 명은 홍콩 출장 중에 자정 무렵 입국 예정이고 나머지는 국내에 있었다. 해당 경찰서에 연락해 범인 검거 작전에 돌입했다.

미궁 살인마 검거 당시 쓰라린 상처를 맛보았던 경찰. 이번에는 치밀한 공을 들였다. 범인이 지켜보고 있을 것을 가정해 자연스러운 작전을 연출한 것이다.

차량부터 그랬다. 평상시 근처에 세워두던 동네 차량을 수배해 그걸 빌렸다. 보호 대상자 주변의 주택도 그랬다. 일찍 자던 집은 그 습관에 따라 불을 끄고, 늦게 자던 집은 불을 켰다. 범인의 치밀함에 맞춤형으로 대응하는 것이다.

그중에서 가장 공을 들인 게 홍콩 출장 중인 여자였다. 그녀는 동성애에 적극적인 사람이었다. 외국계 회사에 다니는 덕분에 사내 커밍아웃도 했다. 당당하게 결혼휴가를 신청하고 청첩장까지 돌린 것이다. 수사 팀이 공을 들인 이유는 거주 환경이었다. 골목길에 CCTV가 있지만 사각이 있었다. 범인이 머리만 쓴다면 귀신처럼 접근할 수 있는 곳이었다.

띡띡띡!

디지털 키를 누르는 손은 가녀렸다. 홍콩 출장에서 돌아온 여자가 자기 집의 번호를 누른 것이다. 자정이 지난 시간. 면세점에서 산 쇼핑백을 들고 들어서는 순간, 위층 계단에서 뭔가가 다가오는 걸 느꼈다.

"……?"

누구인지 확인할 시간도 없었다. 머리채를 제압당한 그녀가 집 안으로 끌려 들어갔다.

"쉬잇!"

침묵을 강요하는 사람은 남자였다. 얼굴에는 검은 마스크를 꼈고 손에는 김장용 노란 장갑이 끼워져 있었다. 다른 한 손에는 소음기를 부착한 권총. 하지만 검은 손잡이만 보였다. 은빛 총신은 이미 여자의 입안에 들어와 있었다.

"불 켜지 말고, 소파로 가."

남자가 소파를 가리켰다.

"쇼핑백 들고……."

놀라서 떨군 쇼핑백까지 친절하게 가리킨다. 여자는 와들와들 떠는 손으로 쇼핑백을 집어 들고 소파로 걸었다.

"립스틱 꺼내."

소파에 앉자 핸드백을 가리켰다. 여자는 몇 번이고 실패한 끝에야 가방을 열고 립스틱을 꺼내놓았다.

"발라봐."

그제야 겨우 총구를 빼주는 남자. 여자가 망설이자 총구로 립스틱을 톡톡 건드렸다. 여자의 손은 그러나, 공포감 때문에 립스틱을 엉망으로 칠했다.

"됐어. 컬러 좋군."

남자가 립스틱을 받아 들었을 때였다. 느닷없이 소파 아래서 손이 튀어나왔다. 그 손이 남자의 두 발을 잡아챘다. 그가 중심을 잃고 쓰러지자 또 다른 물체가 날아와 남자를 덮쳤다.

딸깍!

불이 들어왔다. 소파의 여자가 기겁을 하지만 상황은 나쁘지 않았다. 형사 네 명이 남자를 제압하고 있는 것이다.

"우억!"

퓨슝!

남자가 발악을 하면서 총알이 발사되었다. 손을 제압했음에도 기어이 방아쇠를 당긴 것이다. 옆에서 누르던 형사의 허벅지를 스쳤지만 치명상은 아니었다. 그사이 옷장 속에 있던 형사 둘이 더 합류를 했다. 남자는 결국 권총을 뺏기고 나이프를 꺼내다 수갑을 받고 말았다.

"괜찮습니까?"

부천서 강력 팀장은 여자부터 안심시켰다.

끄덕.

그녀는 놀란 가슴을 쓸며 고개를 끄덕거렸다. 경찰의 세심한 접근이 범인 검거에 성공하는 순간이었다. 원룸의 위치상, 범인이 선호할 만하다고 판단한 경찰, 홍콩의 여자에게 전화를 걸어 협력을 구했다. 사건의 설명을 들은 여자가 협조 의사를 밝혔다. 빈집의 비밀번호를 넘겨준 것이다.

여자의 홍콩 출장.

돌아보면 기막힌 미끼였다. 범인 역시 그녀의 동선을 알고 있기에 빈집에 신경 쓰지 않았다. 그사이에 최고의 형사들이 하나둘, 집 안 잠복에 돌입했다. 그 과정 역시 치밀했으니 한 번에 들어간 게 아니라 신문 배달, 우유 배달, 전단지 배달원 등으로 가장한 것이다.

떡밥도 뿌려두었다. 일부러 경찰차를 탄 경찰 둘을 보내 집을 체크하고 돌아오면 연락 바란다는 포스트잇까지 현관문에 붙여두었던 것.

채린이 이끄는 과학수사센터가 치밀하게 연출한 범인 검거 작전이 빛을 보는 순간이었다.

"이든, 한국계 호주인, 나름 동양인 무시하는 나라 국적이니 미란다원칙도 알려줘야겠지? 홍대 앞에서 여자 둘, 동대문에서 남자 하나를 살해한 혐의로 체포한다. 묵비권에 변호사 선임권, 아, 방금 전의 살인미수도 추가."

팀장이 남자 눈앞에서 수갑을 흔들었다.

"이창하, 제법이군."

달랑 영어 한마디를 남기고 대수롭지 않다는 듯 수갑을 받는 남자. 그 표정은 정말이지 오싹함의 절정이 아닐 수 없었다.

*   *   *

"미치겠네."

배 경위가 취조실을 나오며 고개를 저었다. 경찰청 최고 프로파일러의 한 사람으로 꼽히는 배 경위. 미궁 살인마에 이어 또 한 번 좌절을 맛보았다.

이든은 자백하지 않았다. 아니, 오히려 프로파일러들을 데리고 놀고 있었다. 라포를 형성하려는 의도도 다 눈치채고 있었다.

"언니, 먹고살기 힘들지?"

"그래 가지고 자백 받겠어?"

"좀 더 리얼한 거 없어?"

"제임스 A. 브뤼셀 박사를 데려오면 말해주지."

프로파일러들의 이야기를 듣는 척하다 마지막에 울리는 변죽들. 프로파일러들의 치를 떨게 하기에 충분했다.

프로파일링이란 가설을 만드는 과정을 뜻한다. 그러나 범인이나 용의자가 침묵하면 무용지물일 뿐이다. 브뤼셀 박사는 프로파일링의 창시자와도 같은 사람. 그를 알고 있으니 범죄 지식의 수준을 알 만했다.

"마지막에 뭐라는 거야?"

복도로 나온 채린이 물었다. 마지막에 이든이 배 경위를 불러 속삭이던 것을 기억하는 채린이었다.

"시간 낭비 말고 이 선생님이나 불러오라네요."

"이창하 선생님?"

"네."

"허얼."

채린이 고개를 젓는다. 사건의 중대성을 감안해 본청에서 진행하는 심문. 미궁 살인마와 똑같은 답보 상태이니 난감할 뿐이었다.

"죄송합니다. 도상균 경감님에게 희망을 걸어보죠."

배 경위가 고개를 숙였다. 도상균은 희대의 연쇄 살인마 강철순의 입을 열게 한 베테랑이었다. 그러나 지난번 정신이상자 심문에 들어갔다가 귀를 물려 입원 중이었다.

"됐어. 가서 이 선생님 모셔 와."

"예?"

"모셔 오라고. 우리가 아쉬운 판에 전화로 오시라고 해서 되겠어? 어차피 단서도 그분이 잡아낸 거였는데……."

"팀장님이 전화하실 겁니까?"

"아니, 가면 알 거야. 어쩌면 이 선생님도 기다리고 있을지도 모르고……."

"죄송합니다."

"어쩌겠어? 선생님 부담 좀 덜어드리고 싶었는데… 이것도 선생님 운명이지 뭐."

채린의 시선은 창밖이었다. 창하를 겨냥한 범인. 그렇기에 대면시키고 싶지 않았다. 경찰 선에서 모든 것을 해결하고 싶었던 것. 물론 시간을 두고 수사를 할 수도 있었다. 그러나 기자들의 독촉에 윗선의 독촉. 심지어는 청와대까지 문의를 해오니 여유를 부릴 수도 없었다.

'아우, 부검은 몰라도 심문까지 이 선생님 신세를 져야 한다니……'

쓴 커피가 더 쓰게 느껴지는 채린이었다.

그 시간, 창하는 부검실에 있었다. 권총 살인범이 잡혀도 부검실은 쉴 날이 없다. 이번 부검은 좀 기묘한 시신. 수갑을 찬 채로 목을 매단 대학생이었다. 몸에는 폭행을 당한 흔적이 많았다.

대학생은 현행범이었다. 화성의 유흥가에서 고등학교 동창생들과 늦게까지 술을 마셨다. 돌아가는 길에 성욕이 발동했다. 마침 혼자 야자를 마치고 늦게 귀가하는 여중생이 눈에 띄었다. 그녀를 쫓아가다 으슥한 골목으로 잡아끌었다. 성폭행을 하려 하니 여중생이 반항을 했다. 술에 취한 까닭에 여중생을 제압하지 못했다. 비명을 들은 행인들이 달려왔다. 미친 듯이 도주를 했다. 작은 골목에서 경찰과 마주쳤다. 잡히지 않으려 반항을 했지만 결국 수갑을 받고 말았다.

여기서 조금 복잡한 일이 발생했다. 충격을 받은 여중생이 거품을 물고 쓰러져 버린 것. 순찰차를 타고 온 두 경찰이 여중생에게 한눈을 파는 사이, 대학생이 도주를 했다.

그 시신은 다음 날 바닷가의 해송에서 발견이 되었다. 상의에 팬티 차림으로 나뭇가지에 목을 맨 상태였다.

성폭행 미수범.

그러나 그 결과가 기묘했다. 여기저기 폭행의 흔적과 함께 혈흔 범벅으로 수갑을 찬 모습. 그렇게 목을 매고 죽었으니 유족들이 그냥 넘어가지 않았다.

—경찰이 때려죽이고 자살로 위장했다.

유족의 입장이었다. 그렇게 국과수로 온 시신이었다.

그들의 의심은 목에 난 삭흔과 손톱의 이물, 그리고 찢어진 청바지로 만든 끈이었다. 삭흔은 두 개요, 왼손 손가락의 손톱에 혈흔이 밴 이물이 보였던 것. 그러니까 경찰이 체포 과정에서 폭행을 가해 의식불명이 되자 그걸 은폐하기 위해 목을 매단 의사로 위장했다는 주장이었다. 그렇지 않으면 수갑을 찬 채로 어떻게 자기 옷을 찢어 목을 매겠냐는 것.

시신의 몸에는 멍과 찰과상 출혈이 많았다. 얼핏 보기에는 유족의 주장도 일리가 있어 보였다.

손톱 밑의 샘플을 따고 혈액을 채취했다. 목의 삭흔은 가는 것과 굵은 것의 두 가지. 손가락에도 손상의 흔적이 뚜렷했다.

핵심은 삭흔이었다. 서로 다른 두 개의 끈은 어떻게 작용했을까? 그러나 유족의 의심과는 달리 두 삭흔은 목을 수평 일주 하지 않았다. 대신 귓바퀴 아래쪽에 붙은 가장자리까지 돌아갔다. 이건 타살에서 보이는 흔적이 아니었다.

'의사를 두 번 시도?'

창하의 머리가 빠르게 돌기 시작했다.

경찰이 한눈을 파는 사이에 필사적으로 도주한 대학생. 그러나 현장에 가방을 두고 왔다. 자신이 누구인지 밝혀지는 건 시간문제였다. 성폭행 미수에 여중생은 기절까지 한 상황.

집에서 안다면?

짧은 순간의 유혹이 악몽이 되어버린 밤이었다.

터덜터덜 새벽 바닷가에 닿았다.

죽어야지.

온통 검은색으로 보이는 파도가 속삭였다. 아침이 오면, 이 쪽팔림을 무엇으로 피할 것인가? 결국 극단적인 결정을 내리고 말았다. 마침 버려진 노끈이 있었다. 그걸로 매듭을 만들어 참나무 가지에 걸었다. 플라스틱 윤활유 통을 받쳐놓고 올라가 세상을 버렸다.

하지만!

아팠다.

숨이 턱 막혀오니 자신도 모르게 손으로 올가미를 잡았다. 미친 듯이 조이는 올가미 속으로 손을 넣으려다 보니 목의 살이 까지고 터질 지경이었다. 하중을 이기지 못한 줄이 끊겨 버렸다. 첫 시도는 실패였다.

자살은 생각처럼 쉽지 않다. 심지어는 수면제를 먹고 죽는 것도 그렇다. 수면제를 먹고 죽으려면 그 양이 엄청나다. 한 번, 두 번, 세 번⋯ 한 주먹씩 털어 넣다 보면 배가 터질 것 같다. 대다수는 그대로 토해 버리고 만다. 목을 매는 의사도 그렇다. 하지만 많은 경우, 자살을 생각한 사람은 결국 자살의 길을 간다. 자살하려는 이유가 사라지지 않는 한.

죽어야지.

다시 정신을 차렸다. 하지만 이제는 끈이 없었다. 그러나 대안이 있었다. 텔레비전의 생존 방송에서 보았던 장면이 떠올랐다. 바지라면 훌륭한 끈이 될 수 있었다. 바지를 벗었다. 병 조각을 주워다 바지를 찢었다. 손의 손상은 여기서 나왔다. 칼이 아닌 병 조각으로 바지를 자르려다 보니 베이고 긁힌 것이다.

그렇게 줄을 만들어 두 번째 시도를 했다. 이게 성공을 해 버렸다.

창하가 생각하는 사인이 맞으려면 몇 가지 선행조건이 필요했다.

첫째, 첫 번째 실패한 노끈을 찾아야 했다. 나아가 대학생의 손톱에 든 이물이 자신의 목에서 묻은 혈흔이자 세포이면서 노끈의 조각이 나와야 한다.

둘째, 노끈에서 경찰의 DNA가 추출되면 안 된다.

셋째, 자살 현장 근처에서 바지를 찢은 병 조각을 찾아야 한다. 대학생의 혈흔 또한 묻어 있어야 한다.

창하의 의견을 접수한 형사가 팀장에게 전화를 걸어 재수색을 부탁했다. 대학생이 발견된 장소뿐만 아니라 동선 전체를 뒤졌다.

그러자 시신이 발견된 나무로부터 100여 미터의 나무 근처에서 피 묻은 끈이 나왔다. 대학생의 목에 난 두 줄 중의 하나와 같았고 의심을 받는 경찰관들의 DNA는 나오지 않았다. 병 조각도 발견이 되었다. 창하의 짐작대로 대학생의 피가 묻어 있었다.

"사망의 종류는 자살입니다."

창하의 사인이 나왔다. 자신의 범죄 행각이 알려질까 두려웠던 대학생이 스스로 목을 매단 것이다. 그러나 경찰이 검거하는 과정에 몸싸움이 있었으니 몸에 상처가 많았고, 첫 실패로 인해 목에 난 줄이 두 개인 데다 팬티만 입고 있었으니 의혹이 생겼던 것이다.

"아이고."

대학생의 부모는 무너지고.

"고맙습니다."

경찰관의 아내는 목이 메었다. 경찰을 탓하는 유족을 주로 보다가 경찰 가족에게 인사를 받으니 기분이 묘했다.

"선생님."

부검복을 벗고 손을 씻으러 갈 때였다. 시신을 인계하고 오던 원빈이 복도 끝을 가리켰다.

꾸벅!

배 경위가 인사를 해왔다. 채린의 말대로, 창하는 그녀의 등장을 바로 이해했다. 그길로 출장 복명서에 기입을 하고 배 경위의 차에 올랐다.

＊　　　＊　　　＊

"팀장님."

경찰청에서 채린을 만났다.

"죄송합니다."

그녀가 말했다.

"저는 괜찮습니다. 범인은요?"

그 마음 알기에 간단히 위로를 했다.

"프로파일러 입회하에 식사 중입니다. 방해하지 말라더군요."

채린이 어깨를 으쓱하며 뒷말을 이었다.

"방금 PCL—R 검사가 끝났습니다."

채린이 검사표를 내밀었다. PCL—R은 사이코패스 검사다. 25점 이상이면 사이코패스로 판단한다. 범인은 40점 만점에 무려 38점이었다. 하지만 창하는 놀랍지 않았다. 만점도 가능할 인간이기 때문이었다.

그 순간 조사실 안에 비명이 울려 퍼졌다. 여자 프로파일러의 목소리였다.

"아아악!"

쾅!

채린이 반사적으로 문을 차고 들어갔다. 방 안 풍경은 완전히 반전되어 있었다. 이든은 유유히 구운 소시지를 먹고 있다. 프로파일러는 귀를 잡은 채 벽 쪽이었다. 귀를 잡은 손 사이로 피가 흘러내렸다. 그 피는 이든의 입가에도 있었다.

"뭐야?"

채린이 소리쳤다.

"쉿!"

이든이 조용히 하라는 포즈를 취한다.

"장 경사."

"포크를 달라고 해서 안 된다고 했더니 그럼 젓가락 꼬챙이라도 달라지 뭡니까? 젓가락을 떼어서 건네줄 때 손도 안 씻고 비위생적으로 잘랐다며……"

"이런 썅."

채린의 손이 허공을 갈랐다. 손에 든 서류 판으로 이든을 후려친 것. 하지만 이든은 수갑을 내밀며 방어를 해냈다.

"지금 식사 중이잖아?"

이든, 영어로 말하며 히죽 웃었다. 그 미소는 정말이지 오만 정이 다 떨어질 정도였다.

"이창하나 데려와."

그 말을 남기고 소시지를 우물거리는 이든.

"선생님은 도착했어."

"그럼 손님맞이를 해야겠군. 미안하지만 내 손 좀 닦아주셔. 귀한 손님인데 케첩 묻은 꼴로 만날 수 없지."

이든이 손을 내민다. 너무 태연하고 너무 당당하니 그가 범인인지 아니면 진짜 손님인지 구분이 가지 않을 정도였다.

"티슈 주고 방 경사 병원으로 옮겨."

채린이 배 경위에게 지시했다.

"이든, 여유 부려봤자 너는 사형이야."

그리고 영어 응수를 잊지 않는 채린.

"이창하."

이든은 한마디로 답했다. 개소리 말고 빨리 데려와. 그 말의 다른 발음이었다.

"그러지."

채린이 돌아섰다. 마음 같아서는 증거물로 압수한 22구경

은빛 총신을 저 입에 쑤셔 넣고 남은 총알 네 방을 다 퍼부어 주고 싶었다. 하지만 그건 경찰의 본분이 아니었다.

딸깍!

채린이 문을 열었다. 창하가 들어섰다. 이든은 의자에 등을 기댄 채 창하를 맞이했다. 검거되었다는 불안이나 초조는 전혀 찾아볼 수 없었다.

"이든?"

창하가 그 앞에 섰다.

"거기 경찰 숙녀분."

창하는 무시하고 채린을 부르는 범인. 여전히 영어였다.

"기왕 호주식 인심 쓴 거, 후식으로 커피도 한 잔 부탁해. 진한 블랙으로."

"그러지."

어이없지만 채린이 콜을 받았다.

"기왕이면 우리 이창하 검시관도 한 잔. 혼자 먹으면 미안해서 말이야."

히죽.

이든의 표정은 여전히 히죽이었다.

후룩.

커피가 두 입으로 들어갔다. 조사실 안에는 네 사람이 있었다. 창하와 이든은 책상을 두고 앉았고 채린은 문 앞이었다. 그녀 옆에는 무술 고단자 형사가 배석을 했다. 만약을 대비한 포진이었다.

"이창하."

포문은 이든이 먼저 열었다. 너무 느긋하니 누가 보면 그가 범인을 취조하는 것처럼 보였다.

"……."

"저기 떨거지들, 내보내지."

이든은 여전히 영어.

"팀장님."

"안 됩니다."

창하가 돌아보자 채린이 선을 그었다.

"가봐. 내가 명예를 걸고 약속하지. 이창하는 털끝도 안 건드려."

이든이 끼어든다.

"너 따위 살인자가 무슨 명예?"

채린이 응수했다.

"검시관이 아니었으면 허수아비였을 경찰관들. 그런 말 자격도 없을 텐데?"

"뭐라고?"

"팀장님."

창하의 요청이 다시 나왔다. 범인의 자백이 필요한 채린, 별수 없이 결박과 수갑을 확인하고 문을 나갔다.

"좋군. 이제야 커피 맛이 제대로 느껴져."

이든이 등을 의자에 기댄다. 살인 혐의로 구속되고도 한 치의 동요도 없는 남자. 저 머리를 열어 뇌의 구조를 확인하고 싶어지는 창하였다. 이든은 그 마음도 알고 있는 눈치였다.

"지금 내 뇌를 열어보고 싶겠지?"

"물론."

창하가 답했다. 사이코패스든 정신병자든 상관없었다. 창하 앞의 그는 그저 살인마일 뿐.

"제법이야. 호주의 검시관들은 그렇지 않았거든."

"……"

"해외 토픽에서 당신 기사를 보는 순간 운명적인 계시가 오더군. 한번 만나야겠다는……."

"그럼 국과수로 오지 그랬나? 여기보다 편한 곳에서 커피 한 잔 살 용의 정도는 있는데……."

"미안하지만 나는 이렇게 액티브한 장소가 좋거든. 죽이잖아?"

"그렇긴 하군."

"하지만 긴장 풀지 마. 아직 마지막 테스트가 남았으니까."

이든의 눈빛이 음산하게 반짝거렸다.

＊　　　＊　　　＊

"뭔가?"

"내가 보낸 메시지. 단 한 번에, 정확하게 맞히면 경찰이 원하는 걸 말해주지. 호주에서의 일까지 전부."

"호주에서도 살인을 했나?"

"테스트 먼저!"

"메시지?"

"흐음."

이든은 커피 잔의 모서리를 깨문다. 종이 잔은 단숨에 일그러졌다. 그는 보란 듯이 잔까지 씹어 삼켜 버렸다.

"자신 없으면 그만하고."

"메시지라고 했지?"

"그래. 한국 속담처럼 소가 뒷걸음질 치다 쥐 잡은 격이라면 실력이 아니라 운이잖아?"

"……"

"만약 그렇다면 너는 이 자리에서 내 손에 죽어."

이든의 눈빛이 음산하게 빛났다. 체포된 주제에 조금도 주눅 들지 않는 호기. 저 광적인 자신감의 근원은 어디일까? 왜 이 인간은 이토록 삐딱하게 자란 것일까?

창하가 일어섰다. 벽으로 걸어가 등을 기댄 채 입을 열었다.

"이든."

"……?"

"어쩌면 너는 너 자신이 전지전능하다고 생각하고 있겠지.

네가 살해한 사람들의 죽기 전 눈빛이 그랬을 테고."

"사설이 길군."

"본론으로 가자?"

"구질구질한 건 질색이거든."

"그럼 제대로 거래하자고. 내가 네 메시지를 맞히면 너의 모든 범행 자백."

"약속하지."

"네 권총에 걸고."

"권총이라… 아직까지는 마음에 드는군."

"첫째는 엄지손가락."

창하가 엄지를 세워 보였다. 순간 이든의 눈빛이 칼날처럼 반짝거렸다.

"이 엄지는 몇 가지 의미가 있지. 이렇게 세우면 네 잠재의식 속에 든 너 자신."

창하가 엄지를 기둥처럼 단단히 세워 보였다.

[최고, 넘버원]

그 의미의 엄지였다.

"하지만 이게 입으로 들어가면 달라지지. 입은 음식을 먹는 기관이니 음식물 외에 다른 걸 먹거나 **뺀다면** 오랄 섹스, 즉 동성애의 상징으로 쓴 거야."

설명과 동시에 창하가 엄지를 거칠게 빨아 보였다.

쪽!

소리가 조사실 허공을 울렸다. 이든은 소리에 취한 듯 오감을 멈추고 있었다.

"그것은 동시에 네가 동성애에 관련된 사람들을 타깃으로 하겠다는 예고이기도 했지."

"……."

"둘째는 권총."

"총……."

"22구경은 전두엽을 위한 선택이었겠지. 즉 네 타깃은 전두엽이었던 거야. 죽어가는 사람의 고통을 즐기려는……."

"……."

"내 답은 끝이다. 이제 네가 답할 차례 같은데?"

짝— 짝!

이든의 손에서 박수가 나왔다. 굉장히 느리게 두 번이었다. 순간 이든의 손목 끝에서 달랑거리는 플라스틱 장식이 눈에 들어왔다. 평범한 소매 깃의 장식. 그런데 왜 이든은 이따금 그걸 의식하는 걸까?

"굉장해. 역시 한국까지 날아온 보람이 있군."

이든이 엄지를 세워 보였다. 웃는 얼굴에는 통제 불능의 광기가 가득했다.

"이제 말해봐. 네 범행들……."

"범행이 아니라 작품."

"작품? 살인은 어떤 경우에도 미화될 수 없어."

"닥쳐. 이건 나에게 주어진 고난이자 소명이야. 더러운 동성
애자들을 쓸어버리는 것."

"동성애는 각자의 선택이야. 타인이 그 가치를 재단할 수 없
어."

"그래서 내가 했다. 다들 고상한 척 어정쩡한 포지션을 고
수하고 있기에."

"이든……."

"항문 돌림 당해봤나?"

"이봐."

"나는 당해봤지. 열네 살 때, 호주의 백인들에게 납치되어 3일
밤낮 동안… 항문에서 피가 쏟아질 정도로 당했어."

"……?"

"그놈들이 술에 절어 있을 때 도망쳤어. 강변까지 달아난
후에 도움을 청하러 캠핑카의 문을 열었을 때 뭐가 보였는지
알아?"

"……."

"20대의 네 년들. 침대 위에서 알몸 차림으로 엮여서 뒹굴
고 있더군. 한국인들이 말하는 69 자세로 말이야."

"……."

"다행히 경찰에 구조되었지만 나는 몇 달 내내 헛구역질을

하며 살았어. 그때부터 생각했지. 동성애 하는 것들은 다 죽여 버린다고."

이든의 눈에서 화산이 폭발하고 있었다. 그제야 알았다. 어린 시절의 악몽 같은 트라우마. 그게 이든을 괴물로 만든 것이다.

"그런데 왜 나였나?"

창하가 한마디를 던졌다.

"열여덟 때였어. 백인 친구 놈 중의 하나가 파티 후에 나를 덮친 적이 있지. 그놈을 죽인 다음 시신 위에 박스를 놓고 차로 역과속을 했어. 그런 다음 도로변에 유기했더니 교통사고로 처리되더라고. 박스 때문에 타이어 흔을 못 찾으니 미제 사건이 되었고. 참으로 멍청한 경찰과 검시의들 아니겠어?"

"……."

"그게 내 첫 작품이었어. 그 후로 총기의 매력에 빠졌지. 퇴역 특수부대 군인들을 구워삶으며 사격과 나이프, 범죄 행각을 배웠어. 그리고 나를 성폭행한 놈 중 하나를 찾아가 머리에 구멍을 내주었지. 부검 결과는 자살로 나오더군. 이것 봐라? 이 검시관들 별것도 아니네?"

"……."

"나를 건드린 놈들 다섯을 하나하나 찾아내 골로 보냈어. 그중 두 놈은, 늙어서도 그 짓 하는 현장에서 관자놀이를 쏴주었지. 빵빵!"

이든이 소총 쏘는 시늉을 냈다. 호주도 원래는 총기 소지가 가능한 국가였다. 그러나 1996년에 이르러 총기 소지를 불법으로 규정하며 정부 차원에서 총을 매입해 폐기했다. 하지만 아직도 농장주들은 소총을 소지하는 경우가 많았다. 그러니까 호주의 이든은 소총으로 범행을 저지른 것이다.

"다른 놈과 달리 관통이 되지 않고 머리에 박혔어. 뒈지는 데 25분이 걸리더군. 그때 알았어. 전두엽의 묘미. 농장주들이 다용하는 소총에서 22구경으로 바꾼 것도 그때였지. 동성애 하는 것들이 죽어갈 때 어떤 표정일지 제대로 감상할 수 있거든."

"그럼 호주에서의 살인만 여섯 건이군?"

"아아, 너무 재촉하지 마. 내 얘기는 이제 시작이거든."

'시작?'

창하의 심장이 짜릿하게 전율했다. 여섯도 많거늘 시작이라고?

"동성애는 남자들만 하는 게 아니거든. 호주에는 여자 동성애자들도 많아. 세상은 공평해야 하니 여자도 네 명 잡았지."

"미친……."

"그 정도 하는데도 경찰이 감을 못 잡으니 무료하더라고. 나중에 검색해 봐. 호주 경찰이 쉬쉬하고 넘어가거나 농장주들의 총기 사고로 치부해 버려서 공식 발표 된 게 거의 없을 정도니까."

"……"

"종이하고 펜 좀 주시지."

"……?"

"자백하라며? 내가 죽인 것들 이름 적어주려고 그래. 호주 경찰 놈들, 죄다 뒤집어지겠지만."

이든이 재촉하니 창하가 펜과 메모지를 주었다. 그는 스펠링 정자로 호주에서의 살인 기억을 빼곡하게 적어놓았다.

"그때 인터넷에서 당신 기사를 본 거야. 미스터리한 살인범조차도 잡아내는 한국의 검시관. 거기에 더해 한국에서 커지는 동성애 목소리. 조건이 딱이잖아? 어, 그래? 호주는 익사이팅한 맛이 없으니 한국에 가서 이놈이나 한번 시험해 볼까?"

"……"

"그래서 들어왔다. 네가 잡은 미궁 살인마의 마방진… 그것도 꽤 뒤집어서 썼는데 단숨에 알아차리다니… 확실히 온 보람이 있어."

"보람이라고 했나?"

"그래. 당신을 만났잖아? 호주에 널린 또라이 검시관에 부검의들… 매력 없거든."

"권총은? 어떻게 들여왔나?"

"분해해서 친구 놈에게 맡겨두었다가 국제우편으로 받았지.

여섯 상자에 나눠 보냈더니 별문제 없던데."

"……."

"이게 올 히스토리야. 솔직히 전두엽 쏘는 것도 이제 슬슬 질려가던 참이었거든."

"한국의 교도소는 그렇게 지겹지 않을 거야. 그 안에서 죽은 사람들의 명복이나 빌거라."

"오, 노. 나는 자유스러운 영혼이라 교도소에는 가지 않아."

"누구 마음대로? 호주 대통령이 와도 그건 안 돼."

"이봐. 호주 대통령은 오지 않아. 그자가 왜 오겠어?"

"뭐라고?"

"호주 국적이지만 나에겐 살갑지 않은 땅이야. 그냥, 죽거든 화장해서 바다에 좀 뿌려줘. 네 손으로."

"이든."

"프로는 뒷모습이 깔끔해야 한다고 생각하는데 어떻게 생각하나?"

이든이 손을 들어 올렸다. 손에는 수갑이 채워져 있다. 소매 깃에서 늘어진 작은 끈과 거기 달린 콩알 모양 플라스틱이 창하 눈에 들어왔다. 그 콩알이 이든의 입으로 들어가는 순간 창하는 알았다.

'독?'

"안 돼."

창하가 몸을 날렸다.

창하가 이든을 덮치자 채린과 형사들이 들이닥쳤다.

"막아요. 음독하려는 것 같습니다."

이든을 깔고 앉은 창하가 소리쳤다. 이든은 필사적으로 플라스틱을 물려고 애썼다. 하지만 형사 둘이 그 손을 제압해 플라스틱 장식을 떼어냈다.

"읍!"

마무리는 채린이었다. 이든의 입에 수건을 쑤셔 박음으로써 혀를 무는 것을 방지해 버린 것이다.

"⋯⋯?"

플라스틱 장식물을 살피던 창하 눈에 지진이 일었다. 플라스틱 안에 원형의 캡슐이 들어 있었다. 나중에 밝혀진 일이지만 캡슐 안에는 호주산 맹독이 들어 있었다. 소매 깃에 달린 장식은 두 개씩 네 개. 어느 하나만 먹어도 치사량이었다.

이든.

과연 오싹한 사이코패스였다.

다음 날 출근길, 채린의 전화를 받았다.

"밤새우셨겠네요?"

창하가 그녀의 고단함을 위로했다.

―선생님 덕분에 하나도 피곤하지 않아요.

"범인은요?"

―자살이나 자해 시도 할지 몰라서 물려두었던 재갈을 뽑

아주었어요.

"예?"

창하가 되물었다. 범인이 자살해 버리면 그 또한 낭패가 아닐 수 없다. 아직 확정 판결을 받은 게 아니기 때문이다.

—걱정 마세요. 선생님에게 완패했다면서 선생님 허락이 떨어지지 않는 한 자살하지 않겠다고 하더군요.

"하지만……."

—조사 중에는 계속 특별 관리 할 거고요, 구치소로 가도 그렇게 할 겁니다.

"예……."

—호주 경찰에 연락했더니 뒤집어지더군요. 그쪽 관계자 두 명이 사실 확인차 한국으로 오고 있습니다.

"잘됐네요. 귀 물어뜯긴 프로파일러는요?"

—다행히 접합이 잘되었다고 합니다. 청장님 특별 지시로 성형까지 관리해 주기로 했습니다.

"잘됐네요."

—그런데…….

채린이 말끝을 흐렸다.

"왜요?"

—제가 오붓하게 밥 한 끼 쏠 생각이었는데 청장님이 끼어 들기를 하시네요.

"청장님이요?"

—오늘 자로 사표가 수리된다고 하네요. 선생님께 밥 한 끼 사고 싶다고 자리 마련하라니 어쩌겠어요. 같이 만나도 될까요?

"저야 뭐……."

—청장실에서 곧 연락이 갈 거예요.

"알겠습니다."

통화가 끝나기 무섭게 다른 전화가 들어왔다. 방금 화두에 올린 경찰청장이었다.

—이 선생님.

청장의 목소리는 정중했다. 내용은 채린의 말과 같았다.

"그렇게 하죠."

창하가 청장의 콜을 받았다. 저녁 식사가 예약이 되었다.

경찰청장.

간만에 개념 있는 사람이었다. 그러나 이런 사람들은 너무 강직하고 책임감이 강하다. 역대 청장 중에서 최고로 꼽히는 자질에 조직 통솔이 뛰어난 사람. 임기를 다 채워도 모자랄 판에 사표를 고집하는 것이다. 그가 지금까지 머문 건 미궁 살인 때 희생된 경찰들 때문이었다. 그러다 이번 총기 살인의 와중에 그들에 대한 예우와 대우가 확정되었다. 그러니 약속을 지키려는 청장이었다.

*   *   *

"이 선생."

사무실에 들어서기 무섭게 손님들이 찾아들었다. 창하의 열렬 지지자 피경철과 권우재였다. 길관민도 오고 광배와 원빈에 수아도 빠지지 않았다.

"수고했어."

피경철이 창하 손을 잡는다. 권우재도 그렇다.

"으아, 병원에서는 꼼짝없이 내 밥이었는데 여기서는 내 하늘이네. 이창하, 국과수 에이스가 아니라 국과수 기둥이다, 기둥."

길관민도 칭찬을 아끼지 않았다. 그사이에 소장과 백 과장도 들어섰다. 소장은 경찰청장의 치하를 받았다. 날마다 사건 속의 부검에 묻혀 사는 국과수지만 경찰청장의 치하는 드문 일. 그들 역시 입이 귀밑에 걸린 채 창하의 손을 잡았다.

"소장님, 우리 이 선생님 특별 휴가 줘야 하는 거 아니에요?"

수아가 재치를 부린다.

"그래야겠지?"

소장이 장단을 맞춘다.

화기애애한 순간이 지나고 다시 부검실로 갈 시간이었다.

오늘 창하에게 배정된 부검은 두 건. 원래는 세 건인데 한 건이 줄었다. 경찰청장 때문이었다. 저녁에 식사를 내고 싶다고 말을 전하니 소장이 한 건을 가져간 것이다.

높은 사람의 전화, 역시 파워가 있었다.

첫 부검은 연예인이었다. 한때는 대한민국의 여신으로 불리던 스타. 그러나 자신이 투자한 회사의 주가 조작 혐의 이후로 비난의 대상이 되면서 내리막을 그렸다. 과거의 영화가 그립던 미모의 스타. 과음한 상태에서 감정이 고조되며 해선 안 될 선택을 하고 말았다. 욕실에서 때밀이 타월로 목을 맨 것이다. 여전한 미모였던 그녀, 그러나 부검대 위에서는 달랐다. 혀가 빠지고 얼굴이 검붉게 변하면서 차마 못 봐줄 얼굴이 된 것이다.

자살에 대한 허구 중에 목매고 죽은 시신이 가장 예쁘다는 말이 있다. 헛소리다. 자칫하면 지금 부검대 위에 누운 시신 꼴이 된다. 판타지의 엘프처럼 보이고 싶다면 과대 출혈사가 가장 가깝다. 몸 안의 피가 다 빠져나가면 밀랍 인형처럼 보일 수 있으니까.

"으아, 이거 언론에서 까면 안 되는데……."

노련한 광배가 고개를 저었다.

"왜요?"

원빈이 묻는다.

"전에 한 번 다른 연예인이 이런 식으로 목욕 타월로 목매고 죽었거든. 그랬더니 목매달아 죽으면 예쁘게 죽는다는 헛소문이 돌면서 몇 달 동안 그거 흉내 낸 자살 시신이 줄을 이었어."

"젠장, 따라 할 게 따로 있지."

시신을 수습하던 원빈이 몸서리를 쳤다.

두 번째 부검은 교통사고 참극이었다. 비가 쏟아지던 늦은 밤, 부부와 처제, 세 사람이 탄 차가 과속하다가 빗길에 미끄러지면서 반대편 차량을 정면에서 들이박은 것. 이 사고로 세 명이 사망했지만 두 운전자만은 기적적으로 살았다.

그 기적에 의혹이 생겼다. 사고를 낸 차량에서 생존한 사람은 차주. 아내가 운전하는 차의 운전석 뒷좌석에 있었다. 정면충돌 이후, 아내는 그 자리에서 사망, 조수석 뒤의 처제 역시 안전띠를 맨 채 사망을 했다.

인명 피해가 크다 보니 보험회사에서 이의 제기를 했다. 아내가 면허를 딴 지 세 달밖에 되지 않았기 때문이었다.

비가 몰아치는 험한 날씨, 초보 아내가 운전대를 잡았다? 상식에 어긋났다. 그러나 병원의 남편은 자신이 술을 마신 데다 아내가 운전하는 걸 좋아하기 때문에 그렇게 된 거라는 진술을 내놓았다. 혈액검사 결과도 그렇게 나왔다. 아내는 알코올 검출 무, 남편은 혈중 알코올 농도 0.12였다.

남편은 초대형 사고 차량의 운전을 했다기에는 부상이 중대하지 않았다. 찰과상과 자상, 안전벨트에 의한 멍과 약간의 열창이 엿보일 뿐이었다.

그럼에도 보험회사의 의심은 그치지 않았다. 남자는 음주 운전의 전력이 두 번이나 있었고 좌석 배치도 의심이 들었다. 통상 부부는 옆자리에 나란히 앉는다. 하지만 이 사고에서 남편은 뒷좌석에서 처제와 앉았던 것. 여기에 대한 남편의 설명은 처제가 속상한 일이 있어 위로해 주던 차였다고 했다.

결정적으로 블랙박스가 없었다. 남편의 말은 일주일 전에 고장이 났는데 AS센터에서 블랙박스를 택배로 보내라고 하는 통에 미루고 있었다는 것. 빗발이 강한 까닭에 상대방 차의 블랙박스 화면으로는 사고를 낸 차의 운전자가 누군지 알아볼 수 없었다.

담당 경사의 설명을 들으며 현장 사진을 보았다. 현장은 참혹했다. 두 차량은 엉망이었다. 그나마 앞 유리는 접합유리인 덕분에 깨지지 않고 걸레처럼 너덜거렸다. 조수석 쪽이 특히 심했다.

다음은 사고 당시의 차량 속도…….

'무려 90km…….'

몇 가지 참고 사항을 듣고 부검대로 향했다. 창하에게 배정된 시신은 둘이었다. 차주의 아내와 처제. 사건의 연결성으로 보아 같은 검시관이 보는 게 좋은 경우였다.

부검대에 먼저 올라온 건 운전자라는 아내였다. 그녀의 머리와 안전띠 자국, 오른쪽 다리, 그리고 신발을 체크했다. 그녀의 가슴에는 신기할 정도로 안전벨트 자국이 없었다.

'안전벨트를 안 맨 것인가?'

확대경을 대자 힌트가 나왔다. 시신의 옷과 신발을 가져오라고 하니 힌트가 조금 선명해졌다. 퍼즐의 완성은 시반이었다. 시반과 함께 앞좌석의 등받이를 확인했다. 등받이는 같지만 결정적으로 방석이 달랐다. 신발도 개운하지 않았다. 강한 손상이 있기는 한데 페달의 문양이 아닌 것이다.

아내를 놔두고 처제 시신으로 향했다.

"······!"

그 앞에서 잠시 호흡을 멈췄다. 죽어서 엘프처럼 아름다운 시신. 역설적이지만 처제의 시신이 그랬다.

'대동맥이 나갔군.'

시신만 보고도 감이 왔다. 온몸의 피가 다 빠졌기에 밀랍처럼 해사해 보이는 것이다. 안전벨트로 인한 손상을 보니 그녀의 좌석은 뒷자리가 맞았다. 급제동은 창자 파열을 발생시킨다. 이때 척추의 중심부가 분리되면서 대동맥 절단이라는 비극적 상황을 맞은 것이다. 순식간에 죽지 않았다면 얼마간 숨이 붙어 있었을 것이다. 그녀의 손이 운전석을 가리키는 건, 어쩌면 언니를 옮기는 형부를 고발하는 손짓이었을 수도 있었다. 부검의 목적이 운전자를 가리는 것이니 절개는 하지 않았다.

"부검 종료합니다."

메스를 거둔 창하, 전격 선언을 내놓았다.

"예?"

경찰이 어리둥절한 표정을 짓자 창하 음성이 명쾌하게 이어졌다.

"차주의 아내는 운전하지 않았습니다. 그녀의 위치는 조수석입니다. 처제 역시 뒷좌석이 맞으니 운전자는 남편입니다."

남편?

경찰의 눈빛은 그다음 설명을 원하고 있었다.

제3장

—

기상천외한 사인

"남편분은 지금 어디에 계신가요?"

"병원에 입원 중입니다."

창하가 묻자 경찰이 답했다.

"어디를 다쳤죠?"

"사고가 크다 보니 여기저기 상처가 있기는 하던데 뒷좌석에서 빠져나오다 양쪽 발목을 다쳤다고 합니다."

"혹시 진단서 가져오셨습니까?"

"예, 여기……."

경찰이 진단서를 보여주었다. 양쪽 발목의 손상. 그러나 왼쪽은 경미했다. 창하 입가에 미소가 돌았다. 어차피 필요한 건 오른쪽 발이었다. 이유? 제동장치는 오른발로 밟는 것이므로.

"남편 신발은요? 확인하셨어요?"

"그게… 사고 도중에 사라졌다고… 우리가 갔을 때 남편분은 맨발이었습니다."

"아마 근처에 버렸을 겁니다. 찾아보세요."

"예?"

"중요합니다."

"알겠습니다."

경찰이 담당 팀장에게 전화를 걸었다. 창하의 뜻을 전하니 다시 출동을 했다. 창하는 남은 설명을 이어갔다.

"우선 아내가 운전하지 않았다는 사실부터 설명드리죠. 여기 이마를 보세요. 손상이 있죠? 사고 차량은 앞 유리가 깨졌습니다. 하지만 박살 나지는 않았죠. 하필이면 조수석 쪽의 충돌 강도가 세서 대시 가드도 조수석 쪽이 많이 밀렸습니다. 이런 경우 밖으로 튀어 나가지는 않지만 머리에 손상을 받게 됩니다."

"아……."

"조수석이니 안전벨트가 운전석과 반대 방향입니다. 벨트 자국이 별로 남지 않은 건 아내의 옷이 두꺼운 탓입니다. 급제동으로 인해 신발에 남아야 하는 페달 자국도 같습니다. 그녀의 신발 바닥이 특별해서가 아닙니다. 운전하지 않았으니 폐달 자국이 남을 리 없지요."

"하지만 오른쪽 바닥이 많이 상했지 않습니까?"

"아마도 남편의 조작일 것 같습니다."

"조작이라고요?"

경찰의 눈이 휘둥그레졌다.

"상흔이 폐달 문양과 거리가 멉니다. 조사해 보면 알겠지만 도로 바닥에 대고 문지른 것 같습니다."

"……."

"마지막으로 시트를 볼까요? 사진을 보니 다른 곳은 장식용인데 운전석의 방석만은 지압용입니다. 미세한 요철이 있어요. 만약 아내가 운전을 했다면 엉덩이의 시반에 그 요철이 남아 있어야 합니다. 그런데 보다시피 그녀의 엉덩이 쪽은 깨끗합니다. 이건 즉 조수석의 아내를 남편이 운전석으로 옮겨놓았다는 증거입니다."

"……!"

경찰의 눈이 시신의 엉덩이로 향했다. 방석의 미세한 차이. 그제야 눈에 들어오는 경찰이었다.

"그게 시반이라는 건데 절대 불변이죠."

창하의 목소리는 확신에 차 있었다.

인간의 심장이 정지되면 적혈구가 가라앉는다. 법의학 용어로는 혈액 취하라 부른다. 시반은 시신의 하반부에 발생하며 압박을 받은 부위에는 나타나지 않는 특징이 있다. 예를 들어

좌석과 밀착된 엉덩이라면, 그 엉덩이에 접촉되는 물체가 있다면 물체의 형태가 고스란히 찍힌다. 압박 부위에는 적혈구가 모이지 않기 때문이다. 그러니 아내가 운전하다 사고로 죽었다면 그녀의 엉덩이에 운전석의 지압 방석 문양이 찍혀 있어야 옳았다.

시신을 정리할 때쯤 현장에 나간 경찰에게 연락이 왔다. 남편의 구두로 보이는 신발을 찾았다는 것이었다. 국과수로 가져오고 있다니 잠시 기다리기로 했다.

턱!

얼마 후에 구두가 부검실로 전해졌다. 오른쪽 바닥부터 보았다. 신발의 중심부, 사고 순간의 참상이 고스란히 찍혀 있다. 차량의 페달과 같은 손상이 선명하게 남은 것이다.

"으아!"

담당 경찰이 질린 표정을 지었다.

"인간 말종이군요. 이런 주제에 사고 현장에서 그 생쇼를 하다니……."

경찰이 혀를 내둘렀다. 경찰이 사고 현장에 도착했을 때 남편은 열린 운전석 문 옆에서 통곡을 하고 있었다. 아내는 구겨진 핸들에 두 손을 얹고 죽은 모습이었다.

"……!"

차곡차곡 쌓인 증거를 받아 든 남편은 결국 두 손을 들고 말았다. 반박할 여지가 없는 것이다.

"그놈의 술 때문에……."

남편 자백의 시작이었다.

와자작!

사고는 한순간이었다. 차가 흔들리자 싶더니 바로 중심을 잃었다. 남편의 눈앞에 시커먼 지옥이 다가왔다. 미친 듯이 핸들을 돌리며 브레이크를 밟았다.

우웅!

사고 순간에는 아무 소리도 들리지 않았다. 그저 눈앞에 하얀 섬광이 가득할 뿐.

눈을 뜨니 지옥이 펼쳐져 있었다. 조수석의 아내는 늘어졌고 처제 역시 즉사였다. 그 피가 흘러 운전석까지 밀려왔다.

음주.

머릿속에 그 단어가 들어왔다. 어차피 벌어진 일, 보험금이라도 많이 받아야 했다. 더구나 자신의 과실 100%인 사고가 아닌가?

기적적으로 자신의 상처는 크지 않았다. 블랙박스 역시 고장 나 있던 차. 서둘러 아내의 위치를 옮겼다. 멀리서 경찰차와 견인차 출동 소리가 들렸다. 언덕 아래로 구두를 던지고 통곡을 시작했다. 기적적으로 목숨을 구한 남편. 산 자신을 위해 죽은 아내를 판 것이다.

죽은 자는 거짓말을 하지 않는다. 거짓말은 언제나 산 자의 몫이다. 특히 이런 경우처럼 많은 사람이 죽었을 때, 단 한 사람만이 살아남았을 때가 특히 그렇다.

그렇다면 음주 운전으로 사망하면 보험금이 나오지 않는 것일까? 이건 경우에 따라 다르다. 예컨대 사망사고가 아니라면 보험사가 보험금 지급을 거절할 수 있다. 그러나 사망의 경우라면 지급을 해야 한다. 대법원 판례도 있다. 운전자의 음주 운전은 과실 행위이지 고의 행위가 아니니 보험금을 지급할 책임이 있다고 판결한 판례(98다4330)가 그것이다.

"이 선생."

복도로 나오자 피경철이 창하를 불렀다. 그도 두 번째 부검을 시작할 모양이었다.

"끝났어?"

"예."

"저런, 시신이 두 구라기에 빨리 끝내고 좀 도와줄까 했더니……"

"그 마음 덕분에 수월하게 끝났습니다."

"사망자가 셋이나 나온 교통사고라고 하던데?"

"사고를 유발한 운전자가 아내를 운전석으로 옮겨놓았더군요."

"증거는 제대로 나왔고?"

"비교적 전형적인 케이스라서요."

"다행이군. 나는 얼마 전에 물 제대로 먹었는데……"

"선생님이요?"

"고속도로 IC 노견에서 일어난 졸음운전이었는데 임신한 아내를 조수석에 태운 운전사가 갓길에 선 풀 카고를 들이박았어. 아내는 안전벨트를 매고 있지 않아 사망. 문제는 아내 몸에서 수면제가 나왔다는 거야."

"임산부라면서요?"

"그러게. 하지만 수면제의 출처가 나오지 않고 아내는 죽었으니……"

"보험이 걸렸었나요?"

"엄청났지. 동네에서 작은 도배 가게 하는데 무려 40억 보험에 들었더라고."

"우와, 40억이면 월 보험료가……"

"계획적이지. 아내가 필리핀 여자였는데 사이도 좋지 않았다고 하더군. 게다가 사고 후에 119 구조대가 왔는데 아내가 차에 있다는 말을 안 한 거야. 그 자신만 밖에 나와 쓰러져 있으니 구조대도 깜박 모르고 지나치는 통에 나중에야 발견을 한 거지. 그 친구 말은 자기도 정신이 없었다고 하는데 일부러 그런 거 아니겠어? 임신 중의 아내를 잊을 사람이 어디 있겠나?"

"그렇군요."

"나중에 보니 빵빵한 변호사 사서 무죄받고 보험금도 다 수령했더라고. 내가 하도 어이가 없어 현장에 가봤는데 그 IC 노견이 완전 여의도 광장이야. 거기서는 설령 깜빡 졸았다고 해도 그런 사고가 날 수 없어. 일부러 들이받기 전에는 말이야."

"그런 거 보면 오늘 제가 부검한 여자의 남편이 양반이군요."

"그렇다고 해야 하나?"

"그나저나 선생님 부검은요? 좀 도와드려요?"

"시간이 돼?"

"그럼요."

창하가 웃었다.

"그럼 잠깐 보시겠나? 담당 형사에게 들었는데 좀 안타까운 자살이라서……."

"자살요?"

"형사 말만 고려하면 타살급 자살이지. 혹시 Atrichia pubis 본 적 있나?"

Atrichia pubis라면 무모증이다. 피경철의 말은 머리가 아니라 음부를 뜻하는 것.

"아직……."

"시간이 있다니 잠깐 들어가세. 나는 세 번째인데 이 선생은 다양한 부검 사례 보는 걸 좋아하니까."

"네."

창하는 두말없이 콜을 받았다.

시신은 부검대 위에 있었다. 30대 초반의 여자였는데 굉장한 미모로 보였다. 경찰이 판단한 사인은 독극물사.

자살.

남자는 대개 목을 매고 여자는 약을 먹는 경우가 많다. 이 여자의 자살 시도는 두 번째였다. 두 달 전에 시도했을 때는 실패로 끝났다. 모으고 모은 수면제 300알이 그녀의 자살 도구였다. 털어 넣으면 그냥 죽을 줄 알았지만 그게 아니었다. 40알 정도 넘기니 잘 넘어가지 않았다. 100알을 먹자 배가 말을 듣지 않았다. 결국 다 먹기도 전에 게워 버리기 시작한 여자. 위세척으로 개고생만 하고 실패를 했다.

두 번째는 용량을 줄였다. 인터넷을 통해 청산을 구한 것. 결국 성공하고 부검대 위에 올랐다. 그녀의 시반은 선홍색이었다. 입에서는 살구씨 냄새도 났다.

시반이 선홍색이 되는 경우는 세 가지가 있다. 하나는 일산화탄소중독, 또 하나는 청산중독, 마지막은 익사나 저체온사처럼 기온이 낮은 곳에서 사망하는 경우다. 따라서 시반은 그녀의 약물이 무엇인지를 암시하고 있었다.

조금 전 교통사고에서도 나타난 시반. 이 시반은 사실 중독사를 가릴 때 굉장히 유용하다. 예컨대 염소산칼륨에 중독되면 암갈색이나 초콜릿 색깔이 되고 황화수소일 때는 녹갈색이 된다.

외표 검사를 마치고 내경 검사에 들어간다. 위장은 엉망이었다. 위점막이 녹아버릴 듯 부식되면서 출혈 소견까지 나온 것이다. 이렇게 되는 동안 얼마나 고통스러웠을까? 그럼에도 자살을 감행해야 하는 사연은 무엇이었을까?

형사의 설명에 의하면 그녀의 자살 감행은 음부 무모증이 원인이었다.

그녀는 신의 직장으로 꼽히는 공사에 다니고 있었다. 사내 커플로 결혼을 했다. 아이는 없지만 남부러울 것 없는 생활이었다.

그녀의 고민은 라오스 지사에서 돌아온 과장 때문이었다. 실은 그녀의 첫사랑이었다. 그녀가 신입 사원 때 그가 그녀의 사수였다. 여자가 미인이니 남자의 배려가 과했다. 둘은 비밀스레 사랑을 나누었고 결혼도 약속하게 되었다. 양가 상견례까지 하면서 결혼 준비에 착수했다.

양가의 인증을 받은 청춘 남녀, 이제 직장에 공표할 일만 남았다. 그러던 어느 주말, 직장 내 부음 때문에 지방의 상가(喪家)에 들렀다. 상경길, 둘은 잠깐 옆으로 샜다. 가까운 곳의 명소를 보고 싶었던 것. 조금씩 내리던 눈이 폭설로 변했다. 산간 도로가 막히면서 상경이 어렵게 되었다. 무인 호텔에서 하룻밤을 보내기로 했다. 둘은 이때가 두 번째 합궁이었다. 첫 합궁은 부서장 이임식 때. 꼴라가 된 두 사람이 만취상태로 사랑을 나누었던 것.

딸깍!

불을 끄고 침대로 올라온 남자, 기대에 찬 얼굴로 여자 몸을 감싸고 있던 타월을 걷었다.

"……!"

남자의 시선이 음부에서 멈췄다. 하얗게 쌓인 눈발이 어스름으로 반사되는 침대. 기묘한 명암 속에 드러난 그녀의 음부는 풀 한 포기 없는 황무지였다.

"왜에?"

여자가 기어들어 가는 목소리로 물었다. 여자는 무모증에 대해 트라우마가 있었다. 덕분에 대중탕에도, 수영장에도 가지 않던 터였다. 하지만 지난번에 이미 합궁을 했으니 남자가 알고 있는 것으로 생각했던 것. 그러나 남자는, 만취상태로 욕망을 배출하는 일에 바빠 기억하지 못하고 있었다.

'무모와 섹스 하면 3년간 재수가 없다.'

남자의 뇌리에 늙은 선배의 말이 스쳐 갔다. 그러고 보니 최근 일진이 좋지 않았다. 그날 이후에 발표된 승진에서도 밀렸고 하고많은 출장 중에서도 모든 사람이 꺼리는 라오스가 걸렸다.

입맛이 뚝 떨어진 남자.

"피곤해."

배에서 내려와 잠을 청했다. 등까지 돌린 자세였다.

이틀 뒤 결혼 얘기는 없던 일로 하자는 통보가 왔다. 3년으로 예정된 라오스 출장이 핑계였다.

여자는 찜찜했다. 자신의 무모증이 마음에 걸린 것이다. 다행히 쉽게 정리가 되었다. 회사는 둘의 연애를 몰랐고 남자는 라오스로 떠났다.

안정을 찾은 여자가 탈모 전문병원을 찾았다. 두 번 시술을 했지만 효과가 없었다. 그냥 사는 수밖에 없었다.

1년쯤 지나면서 열혈 대시 하던 후배와 데이트가 깊어갔다. 여자의 부사수지만 성격이 굉장히 화끈한 남자였다. 이 남자라면 그걸 이해할까?

"무모증 어떻게 생각해?"

이번에는 그녀가 먼저 물었다.
남자의 대답은 뜻밖에도 대환영이었다.

"깔끔하고 좋지 뭐. 난 솔직히 말해서 거기에 털이 무성하면 좀 징그럽더라고."

천생연분이다. 둘은 결혼을 했다. 부부 생활에도 문제가 없

었다. 그러다 첫사랑 남자가 돌아왔다. 라오스의 댐 공사가 길
어지면서 무려 4년 8개월을 나가 있었던 그. 하필이면 여자의
직속 과장으로 컴백한 것이다. 여자의 결혼을 알고 있던 과
장. 눈치가 그리 좋지는 않았다.

　소문은 그때부터 돌기 시작했다.

　"그 여직원 백××래."

　소문은 결국 남편의 귀에 들어갔다. 아내의 그곳을 안다는
건 같이 잠을 잤다는 것. 남편이 수소문하니 아내의 과거가
나왔다.

　"옛날에 둘이 좀 사귀다 만 것 같던데?"

　소문의 진원지를 찾았다. 만취가 되어 돌아온 남편이 여자
를 다그쳤다. 결국 고백하고 말았다. 남편은 회사로 달려가 과
장과 욕설을 주고받으며 싸웠고 사표를 던졌다. 그 상심을 이
기지 못하고 집까지 나갔다. 소문은 이제 걷잡을 수가 없게
되었다.

　"저 여자 거기가……."
　"하나도 없대."

여기저기서 수군거리는 소리가 들려왔다. 충격을 못 이긴 여자, 지하 주차장에서 과장을 만났다. 빈정거리는 그 입에 염산을 들이부었다.

개자식!

소심한 그녀의 복수였다.

"으아악!"

몸부림과 앰뷸런스 소리를 뒤로하고 집으로 향했다. 준비한 약을 꺼냈다. 그녀의 종착지는 부검대. 너무나 극단적인 선택이었다.

무모증.

팩트를 짚자면 그게 사인이었다. 그러나 무모증은 단지 호르몬의 문제일 뿐이다. 그걸 두고 호사가들이 멋대로 말을 지어냈고 여기저기 퍼지면서 오늘날까지도 잔재가 남았다.

음부 무모증은 여자에게만 나타난다. 남자라면 대머리가 되는 차이다. 잘못된 속설이 낳은 비극이었다.

'명복을 빕니다.'

사인 분석이 끝나자 창하가 묵념을 했다. 인구도 많다지만 따지고 보면 하나하나 소중하지 않을 수 없는 목숨들. 그럼에도 안타깝게 죽어가는 주검이 너무 많았다.

퇴근 시간, 창하가 경복궁역에서 내렸다. 경찰청장과의 약속이니 차는 두고 왔다.

"선생님."

약속된 해물찜집 앞에 도착하니 채린이 손을 흔들었다.

"청장님은 벌써 오신 건가요?"

창하가 물었다.

"그렇네요."

"아, 그럼 말씀 좀 해주시지. 죄송하잖아요."

"그보다 더 죄송해야 할지도 모르니 심호흡하고 들어가세요."

"예?"

"가보면 알아요."

채린이 등을 밀었다. 안쪽 내실 문을 열리자 채린의 말뜻을 알았다.

"어서 오세요."

반가이 맞아주는 경찰청장 옆의 또 한 사람. 요즘 창하 이상으로 핫한 국무총리 정병권이었다.

제4장
—
DNA의 역습

"한 잔 받아요."

총리가 동동주를 따라주었다. 창하가 두 손으로 받았다.

"불청객이지만 한 잔 주시렵니까?"

총리가 잔을 내미니 창하가 채워주었다. 술은 경찰청장과 채린의 잔에도 꾹꾹 채워졌다.

"오느라 힘들었을 텐데 일단 건배?"

총리가 잔을 들었다. 창하와 총장, 채린이 화답을 했다.

"실은 내가 오늘 사직하시는 청장님에게 메밀전이나 한 판 낼까 했더니 이 선생이랑 선약이 있다고 해요. 그래서 염치없이 끼어들었지 뭡니까?"

"무슨 말씀을……."

"그래도 허락해 주니 고맙지 뭡니까? 우리 청장님이 청와대에서 잡아도 떠나는 사람인데 총리 체면을 다 살려주시고."

"총리님."

옆자리의 청장이 피식 웃음을 터뜨렸다.

"세상사라는 게 이렇지요. 좋은 사람은 일찍 떠나갑니다. 마음 같아서는 청장님이 쌍둥이면 좋으련만."

"저보다 더 국민적 지지를 받는 총리님도 곧 떠나신다면서요?"

"저야 지지자들에게 등 떠밀리는 거죠."

총리가 웃었다. 대권 경쟁이 코앞으로 다가왔다. 출마를 하려면 총리도 사표를 내야 하는 것이다.

"내 잔소리는 이쯤에서 접겠습니다. 오늘은 청장님이 주최하시는 자리니 청장님이 진행하세요."

총리가 발언권을 넘겼다.

"아무튼 저도 조직 떠나기 전에 우리 이 선생에게 진 빚 좀 갚을까 해서 식사나 한번 내려던 자리입니다. 종잇장도 맞들면 낫다는데 총리님이 와주시니 이보다 좋을 수 없군요. 우리 이 선생도 그렇죠?"

"물론입니다."

"누가 뭐래도 이 선생이 제 재임 기간 중의 은인입니다. 이 선생이 없었다면… 그래서 미궁 살인과 총기 살인마가 동시에 진행되었다면… 생각만 해도 오싹합니다."

"저보다는 차 팀장님이 고생이 많았죠. 현장 경찰들과 검찰 쪽 협조도 좋았고요."

"총리님 언질을 듣자니 중국에서도 국익에 도움이 될 일을 했다던데 그야말로 동에 번쩍 서에 번쩍입니다."

"검시관으로 할 일을 한 것뿐입니다."

"아무튼 나는 떠나기 전에 이 선생에게 꼭 술 한잔 사고 싶었습니다."

청장이 술병을 들었다. 창하 잔에 넘치도록 따랐다.

"요즘 술은 3분의 2잔 채우는 게 대세지만 내 마음입니다. 듣자니 이 선생이 민간 국과수인 법과학공사를 만드는 게 꿈이라던데 나는 이 조직을 떠나가지만 꼭 이루시길 바랍니다."

통!

네 잔의 술이 허공에서 부딪쳤다.

"기왕이면 도와주겠다고 하시지 그래요?"

청장의 치사가 끝나자 총리가 슬쩍 말을 보탰다.

"마음으로야 당연히 지지하지요. 하지만 이제 힘이 없는 사람이나……"

"너무 겸손하십니다."

"하핫, 왜 그러십니까? 임기도 못 채우고 가는 주제에게."

"일 보 후퇴는 이 보 전진이지요. 꼭 그렇게 될 겁니다."

총리의 마무리는 의미심장했다. 그리고 이 말은 그가 대통

령이 된 후에 현실이 되었다. 그러니까 이 만남 또한 창하에게
는 뜻깊은 자리였다.

"아쉽네요. 저는 커피로 때우게 되어서……."

총리와 청장이 떠난 후에 채린이 말했다. 시원한 바람이 들
이치는 카페의 테라스였다.

"이 시간에 미녀와 커피가 어딘데요? 게다가 신변 보장까지
받으며……."

창하가 웃었다.

"신변 보장요?"

"열혈 경찰 차 팀장님. 이 이상의 보디가드가 있겠어요?"

"약하죠. 국보급 검시관님인데… 적어도 청와대 경호 팀 정
도는 되어야……."

"흐음, 막 띄워주니 기분은 좋은데요?"

"실은 좋은 소식이 하나 있어요."

"승진하시나요?"

"저 말고 이 선생님요."

"저요?"

"저번에 도와주신 보험회사 이사님 말이에요. 저희 친척
분……."

"아, 그 일 진전이 있습니까?"

"잠깐 모셔도 될까요?"

"여기로요?"

"곤란하시면 따로 날 잡아도 되고요."

"아니, 괜찮습니다."

"그럼 제 마음대로 모셔요."

"그러세요."

창하가 허락하니 이사가 달려왔다. 통화를 끊고 10분 만이었다. 창하가 놀라자 이사 입에서 이유가 나왔다.

"제가 선생님 뵈려고 아까부터 근처에서 기다리고 있었습니다."

"……!"

"실은 선생님 부검 소견으로 대박을 쳤거든요."

"소송이 벌써 끝났습니까?"

"그건 아니고요, 우리 변호사가 그쪽 변호사에게 선생님의 부검 소견을 전했습니다. 우리는 진실을 알고 있으니 따로 협상을 하자. 불응하면 항소하겠다. 그랬더니 이틀 만에 덥석 물고 나왔습니다."

"그래요?"

"1차 소송과 상관없이 보험금 포기하고 우리가 주는 위로금 1억만 받기로 합의가 되었습니다. 180억을 1억으로 끝낸 거죠."

"와아, 잘됐네요."

"당연하죠. 오늘 부회장님과 회장님에게 차례로 불려 갔는데 엄청나게 칭찬을 받았습니다. 덕분에 저 곧 상무이사로 승진할지도 모르겠습니다."

"와아."

"그리고 회장님께서 이걸 전해주라고 하셨습니다."

이사가 봉투를 내밀었다.

"뭐죠?"

"저희 계열 회사 주식입니다. 상장주식을 드리면 시가 때문에 곤란해질 수 있으니 비상장주식으로 준비했습니다. 아직은 큰돈이 안 되지만 머잖아 상장이 될 터이니 그때가 되면 저희 성의 정도는 될 것으로 생각합니다."

"아닙니다. 이런 건 받을 수 없습니다. 별일 한 것도 아니었고요."

"선생님에게는 그럴지 몰라도 저와 저희 파트에는 구세주와 같은 도움이었습니다. 부디 받아주십시오."

"이사님."

"딱히 특별한 대우도 아닙니다. 저희가 업무상 여러 전문가의 조언을 듣는데 조언을 하시는 고문단에 준한 것일 뿐입니다. 그러니……."

"이사님."

창하가 눈빛을 세웠다.

"예."

"가져온 것이니 받기는 하겠습니다. 받지 않으면 실랑이만 될 테니까요."

"고맙습니다."

"하지만 제가 아니라 제가 지명하는 사람에게 주시면 고맙겠습니다."

"지명이라면……?"

"부검을 하다 보니 딱하게도 부모의 사망으로 혼자 남는 아이들이 있더군요. 보험에도 그런 아이들이 있겠죠? 보험을 들었지만 피치 못하게 보험금이 거절되면서 어려워지는 아이들……."

"그야……."

"그 돈은 그 아이들을 찾아 나눠 주시기 바랍니다."

"선생님."

"부탁합니다."

창하가 먼저 큰 인사를 해버렸다. 기선을 제압당한 이사, 뭐라고 군소리를 달지 못했다.

돌아가는 길은 흥겨웠다. 총리의 참석만 해도 좋을 판에 이사의 선물까지 있었다. 이런 풍경은 전공의 끝날 때까지도 짐작조차 하지 못하던 일. 알고 보니 부검이라고 고정액 냄새에 찌들며 절개만 해대는 일이 아니었다.

민간 법과학공사로 가는 길을 차곡차곡 넓히고 있는 창하. 그래서 깊어가는 밤도 가뜬하기만 했다.

그러나 아침은 결코 가뜬하지 않았다. 부검 배정이 끝난 직후, 천호 경찰서에서 긴급 부검 요청이 온 것이다.

긴급 부검.

웬만하면 강력사건이다. 조금 심하면 신체 훼손이다. 하지만 이 부검 건은 최악의 경우를 다 포함한 것이었다. 천호동의 주택가에서 토막 백골이 나온 것이다.

"제가 하죠."

배정 고민을 하는 백 과장에게 자진 납세를 하는 창하.

"괜찮겠나?"

백 과장이 묻는다.

"공부도 되고 좋죠, 뭐."

창하가 답했다. 피경철은 팔목 관절의 피로감 때문에 병가를 낸 날이었다. 권우재 역시 어젯밤에 당직을 서고 들어갔다. 소예나가 있다지만 오전에 방송국 출연이 있다고 선을 그은 상태. 그렇기에 달리 대안도 없는 상태였다.

"알았네. 그럼 이 선생 1번 부검은 내가 맡지."

오전 출장이 예정된 백 과장. 책임감이 있으니 간단한 부검 하나를 떼어갔다.

"소 선생님 너무하는 거 아닙니까?"

소식을 들은 원빈이 토로를 하고 나왔다.

"뭐가요?"

창하가 태연하게 물었다.

"솔까 방송국 출연은 사적이잖습니까? 선생님처럼 공적으로 가는 것도 아니고 법의탐적학이라는 게 따지고 보면 자기 취미 활동인데……."

"부검의 인지도와 일반화에 기여하는 일이잖아요. 그런 말 마세요."

"아무튼 저희는 불만입니다. 우아한 것도 좋지만 업무가 우선이죠."

"그럼 우리가 우아하게 부검해 보자고요."

"선생님, 살이 다 녹아버리고 백골 토막만 남은 건입니다."

"그러니까요. 극과 극의 묘미라는 게 있잖아요?"

"아으, 하여간 선생님은……."

원빈이 창하 방을 나갔다. 시신을 맞이해야 하는 것이다. 창하도 부검복으로 갈아입었다. 테이블에 놓인 아침 신문에서 경찰청장의 사표 수리 기사가 눈에 띄었다.

'고생 많으셨습니다.'

존경하는 경찰상을 보여준 경찰청장. 그의 사진을 향해 거수경례를 올리고 대기실로 향했다.

"……!"

토막 백골.

검시용 클린 시트 위에 놓인 사진이었다. 무려 아홉 토막이었다. 시신의 살은 썩고 썩어 비닐 바닥에서 굳은 상태였다.

"아홉 토막입니다."

시신을 운구해 온 오봉구 형사의 목소리가 무겁다.

"재개발되는 고시원입니다. 주방 벽의 작은 벽장에 들었더군요. 낡은 찬장을 밀어 벽장 입구를 가려놓은 통에 오랫동안 발견되지 않은 모양입니다."

벽장의 사진이 보인다. 작은 여닫이문 두 개로 구성되었다. 문의 크기가 작다. 시신을 토막 낸 이유를 알 것 같았다. 그냥 밀어 넣으려면 애를 먹어야 하는 구조였다.

이 지경으로 발견된 건 고시원이 복잡한 소송에 이어 경매로 넘어간 이유도 있었다. 그 기간이 길었다. 더러 매입을 희망하는 사람들이 왔지만 옷장 뒤에 숨은 벽장 속까지 뒤져보지는 않았다.

그러다 결국 임자가 나타났다. 리모델링을 하기 위해 고시원 실내를 정리하다 벽장을 발견했다. 벽장 안에 그득한 검은 봉지들. 그걸 열어본 새 주인은 병원으로 옮겨져 안정을 취하는 중이었다.

"신원은요?"

"죄송합니다."

"백골 외에 아무것도 나온 게 없군요?"

"예. 고시원이 빈집으로 남은 게 1년도 넘은 일이라… 게다가 고시원이라는 특성 때문에 한두 명이 거주한 것도 아니고… 현장에는 보시다시피 쓰레기와 먼지뿐이었습니다."

형사가 사진을 넘긴다. 방 안에는 고양이 똥부터 쓰레기까지 넘실거렸다.

"괜찮습니다. 백골이라도 나와서 다행이죠."

창하가 형사를 위로했다. 드물지만 시신 없는 살인사건도 있기 때문이었다.

"가실까요?"

창하가 일어섰다. 사인 진단을 기다리는 시신. 적어도 몇 달은 되었을 시신. 더 오래 기다리게 하는 건 망자에 대한 실례였다.

딸깍!

부검실 불이 꺼졌다 들어오면서 백골 토막 살인의 부검이 시작되었다. 부검대 위의 시신은 현장에서 발견된 그대로였다. 다른 것이라면 지문과 기타 DNA 추출을 위해 경찰이 비닐을 벗겨 간 것뿐.

부검은 시신을 해부하여 사망의 팩트를 재구성하는 게 핵심이다. 그중에서 중요한 것 한 가지가 바로 신원 파악과 사망 시각 파악이었다. 외표로는 신원 파악이 불가능했다. 손가락이 녹았으니 지문이 없었다.

사망 시각의 추정에는 여러 가지 방법이 있다. 시강, 시반, 체온, 부패, 나아가 위 안의 내용물, 소변량, 부패의 경우 구더기의 존재 유무.

이 경우에는 죄다 공허한 요소들이었다.

덩어리로 모인 시신을 하나씩 맞춰 나갔다. 가슴 부위를 놓고 골반 부위를 놓고, 나머지 팔과 다리의 자리를 찾았다. 무심하도록 하얀 해골을 머리 부위에 놓으니 신체가 대략 맞았다. 그런 다음 살이 녹으면서 흘러내린 체액 덩어리를 원래의 봉투 위치에 맞춰놓았다. 이쯤 되면 부검으로 밝힐 수 있는 게 많지 않다. 뼈에는 이상이 없으니 목을 졸렸는지 칼을 맞았는지 알 수가 없는 것이다.

두개골부터 보았다. 둥근 형태를 취하니 여자다. 갈비뼈를 체크하고 대퇴골로 내려가 사이즈를 쟀다.

"20살에서 21살의 여자입니다."

첫 단서를 추려냈다. 남녀의 구분은 골반 뼈의 형태로 파악했고 나이는 갈비뼈 모서리의 홈과 대퇴골의 크기로 알 수 있었다.

"키는 162에서 165㎝ 정도."

창하의 분석이 나올 때마다 형사의 손이 메모를 했다. 사망자를 알아야 수사에 속도가 붙는 것이다. 그사이에 창하는 굳은 체액 덩어리와 뼛조각을 취해 샘플 통에 담았다. DNA 분석용이었다.

불행히도 이에는 큰 특징이 없었다. 인공치아를 했다거나 치과의 치료를 받은 흔적이 없는 것이다. 대략적인 신원 파악이 끝나자 상세 체크에 들어갔다.

약 20세의 여성.

게다가 잔혹한 살해…….

이런 경우 일반인들은 범인을 포악한 성폭행 전과자나 폭력배로 생각하기 쉽다. 하지만 그 반대의 경우가 많다. 예컨대 잔혹하게 난자되어 피살된 경우가 그렇다. 범인이 의외로 왜소한 경우가 많다. 압도적인 우위를 점유한 사람은 잔혹하게 난자하지 않는다. 원한 관계가 아니라면 칼은 한 번 아니면, 두 번이면 족하다. 그러나 왜소한 사람은 상대를 한 번에 제압할 수 없다는 생각 때문에 무차별 난자를 한다.

여성에 토막 살인이니 성폭행을 한 후에 완전범죄를 노렸을 수도 있다. 그러나 그렇게 보기에는 은닉 장소가 좋지 않았다. 주방의 다락방은 언젠가는 범행이 드러날 장소인 것이다.

그렇다면 우발 범행 쪽이다. 망해가는 고시원이었다면 절도나 강도라고 보기도 어렵다. 결국 섹스다. 우발적이든 고의적이든.

몸통 부분의 체액 덩어리를 잘라 독극물 샘플을 확보했다. 다음으로 설골을 확인했다. 액살이라면 목에 흔적이 남을 수 있다. 그 블랙박스가 설골이었다. 목의 상처는 다 녹아버렸지만 설골은 아직 제자리에 있었다.

목과 턱 사이에서 설골을 추려냈다. 설골의 크기는 대략 5㎝. 목이 졸릴 때 쉽게 부러지는 특성을 가졌다. 설골의 손상은 미미했다. 이 판단은 일단 유보해 두었다.

흰 면 위에 머리카락 일체를 펼쳤다. 그 안에서 머리핀이 나왔다. 첫 번째 소득이었다.

핀셋으로 하나하나 뒤져가며 다른 모발을 찾았다. 비닐 봉투 안에 갇혔던 피살자의 머리카락. 범인과 피살자 외의 것이 섞일 가능성은 거의 없었다.

없는데요?

보조하던 원빈이 어깨를 으쓱해 보였다. 그대로 두고 골반으로 내려갔다. 골반뼈 아래에 굳은 체액 덩어리. 거기에 음모가 있었던 것.

섹스를 하면 상대의 음모가 떨어진다. 그걸 찾아야 했으니 굳은 체액을 식염수로 녹여가며 음모 일체를 건져냈다. 그 일에만 꼬박 1시간이 넘게 걸렸다. 그런 다음, 음모마다 확대경을 들이대며 집중했다. 20분쯤 하니 눈알에 쥐가 난다. 셋은 그래도 직진이다. 망자의 속삭임을 듣는다는 건 쉬운 일이 아니었다.

"우어, 부검, 장난이 아니네요."

형사가 질려갈 때.

"선생님."

원빈이 창하 앞에 터럭 하나를 내려놓았다.

"……!"

확대경으로 확인한 창하의 눈에 서광이 찾아들었다. 굵었다. 피살자의 것과 형태가 다른 음모였다.

"여기도요."

광배도 공휴일은 아니다. 그가 찾은 건 무려 두 개였다.

빙고!

세 터럭을 확인한 창하가 쾌재를 불렀다. 모든 접촉은 흔적을 남긴다. 수사의 바이블로 알려진 명언이 다시 한번 증명되는 순간이었다.

그러나 알려진 것처럼 DNA가 범인 체포의 만능열쇠는 아니다. 그 시련이 창하를 기다리고 있다는 것, 창하조차 알 수 없었다.

*　　　*　　　*

"고맙습니다. 완전히 깜깜이 오리무중이었는데 길이 보이네요."

중간 결과를 받아 든 형사가 본서와 통화에 들어갔다. 원빈과 광배도 한숨을 돌렸다. 하지만 창하만은 그렇지 않았다. 여전히 시신에 몰입하는 것이다.

"선생님."

원빈이 다가섰다.

"어? 별거 아니에요."

창하가 만지는 건 머리와 골반부의 체액 덩어리였다.

"이제 쉬세요. 수습은 저희가 할게요."

"아뇨, 이게 혹시나 해서요."

"혹시나요? 범인 것으로 보이는 체모 찾았잖아요? 시신의 나이와 성별까지 짚었으니 이 정도면 대박 부검 아닌가요?"

"오래된 시신이잖아요. 변수가 있을 수 있어요."

"변수라면?"

"어쩌면… 범인이 한 사람이 아닐 수도 있죠."

"터럭이 여러 사람 것일 거 같아서요?"

"그냥 감이에요. 이대로 보내서 화장해 버리면 다시는 기회가 없잖아요?"

"……"

원빈은 더 묻지 못했다. 창하가 다른 게 이런 점이었다. 다른 부검의라면 이미 마감했을 시신. 만약의 가능성까지 생각하고 있으니 망자의 명의가 아닐 수 없었다.

창하가 찾고 싶은 건 정액이었다. 20살 젊은 여자. 성폭행이 일어났을 가능성이 컸다. 게다가 증거란 많으면 많을수록 좋았다.

봉지가 발견된 사진을 보면서 시랍처럼 굳은 것을 떼어냈다. 질이 위치한 자리였다.

"추가 검사 보내세요."

원빈에게 샘플을 맡기고서야 창하가 돌아섰다.

터럭의 유전자 검사가 먼저 나왔다. 체모는 각각 다른 사람의 것이었다.

―두 사람의 DNA?

─그렇다면 범인이 둘?

띠롱띠롱!

생각에 잠길 때 담당 경찰서에서 전화가 왔다. 아침에 다녀
간 형사였다.

"선생님, 시신은 고시원 주인의 딸로 밝혀졌습니다. 그 엄마
가 살인미수로 복역 중인데 유전자 확인을 했습니다. 머리핀
사진 보더니 딸 것이 맞다고 하더군요."

"고시원 주인이 살인미수예요?"

"아, 제가 말씀 안 드렸군요. 원래 나쁜 사람이 아니고 사기
꾼 같은 악질 은행원의 꼬임에 넘어가 주변의 사채를 빌려 고
위험 고수익성 해외 DLF 펀드를 들었던 모양입니다. 그게 원
금을 다 날리는 통에 옥신각신하다가 은행원이 투자 책임은
전적으로 고객이 지는 것이라고 하자 격분해서… 그 은행원이
수익률 좋다고 감언이설로 속인 모양이더라고요. 덕분에 고시
원이 공중에 뜬 거고요."

"저런……."

"그래서 딸이 문 닫은 고시원에 혼자 남았던 것 같습니다.
엄마는 2년 전부터 딸이 면회를 안 오길래 전과자 엄마 원망
해서 그런 줄로만 알았다고……."

"……."

"고시원에 있던 사람들 상당수가 밑바닥 인생에 막장이라

고등학생인 딸에게 추파를 던진 인간들이 많았다고 합니다. 그 인적 사항 추려서 추적 중입니다."

희생자의 이름은 박영아.

수사는 급물살을 탔다.

DNA가 나온 음모 덕분이었다. 사건 발생 시기를 중심으로 고시원에서 생활하던 남자들을 추적했다. 한 사람은 중국 동포였고 또 한 사람은 딸배로 불리는 오토바이 배달원이었다. 혐의가 집중된 쪽은 중국 동포였다. 그는 성남에 새로 형성된 중국인 상가에 살고 있었다. 박영아 이야기를 하자 표정부터 굳었다.

"죽였지?"

형사가 조이자 고개를 저었다.

"죽이지는 않았습니다."

"그럼?"

"추행을 하려던 적은 있습니다."

"거짓말."

"진짭니다. 젊은 치기에 자위를 할 때가 있었는데 방문을 열고 그 학생을 몰래 보면서 대리만족을 했어요. 그러다 어느 날은 냉장고 옆의 의자에서 잠들었길래 나도 모르게 다가가……"

짝!

돌아온 것은 따귀였다. 잠에서 깬 영아, 가슴을 만지는 동포의 뺨을 후려친 것. 그것으로도 모자라 쓰레기통의 쓰레기를 던지기도 했었다.

"애가 당차길래 그때 후로는⋯⋯."

"지금 장난해? 그런데 어떻게 네 음모가 그 학생 몸에서 나와?"

"그걸 내가 어떻게 압니까? 아무튼 나는 결백하단 말입니다."

중국 동포는 필사적이었다.

그는 의심을 벗었다. 창하가 말한 사망 시점쯤에 한국에 없었다. 비자가 만료되어 다시 중국으로 돌아갔던 것. 거기서 세 달을 살고 나왔으니 의심이 간들 도리가 없었다.

배달원 쪽은 조금 달랐다.

그는 절도 전과가 있었다. 살인사건이 일어나기 직전 고시원을 나가 친구의 자취방에서 살았다고 했다. 문제는 알리바이를 확인해 줄 그 친구가 오토바이 배달 중에 역주행을 하다가 즉사했다는 사실.

"너지?"

형사가 심문에 들어갔다. 그 역시 완강하게 부정을 했다.

"내 스타일 아니거든요."

"그런데 거기에서 네 털이 나와? 그건 어떻게 설명할래?"

"씨발, 아니라잖아요? 그리고 그때는 새벽 배달 하고 오후 일찍 들어와 자고, 자정이면 다시 나가던 때라서 걔 얼굴 본

적도 없어요."

"이 새끼가 장난해? 고시원에 8개월이나 살았다면서 어떻게 얼굴을 못 봐?"

"걔는 학생이잖아요? 나랑 활동 시간대가 반대라고요."

"이놈이 우리를 아주 헐렁하게 보는 모양이네? 너 유전자 몰라? 희생자 시신, 그것도 섹스를 해야만 붙는 부위에서 네 털이 나온 거야, 새꺄. 강제로 하다가 목 졸라 죽이고 범행 감추려고 토막 내서 유기한 거잖아?"

"됐고, 아무튼 나는 몰라요. 그리고 내가 미쳤어요? 사람을 죽여서 토막 내게?"

"그 말 믿을 사람 아무도 없다. 이 전과자 새끼야. 이건 빼박 증거야, 빼박!"

"빼박?"

"성폭행에 토막 살인, 넌 최소한 무기징역이야."

"말도 안 돼요. 난 정말 결백하다고요. 그러니까 내보내 줘요. 나 여친이랑 나흘 후에 보라카이 놀러 가기로 했다고요."

"거기 가서 한 명 더 담그려고?"

"형사님."

"할 말 있거든 검찰 가서 해라."

"아, 씨발. 보라카이 가야 한다니까요. 내가 얼마나 공들여서 꼬신 앤데… 비행깃값에 호텔비도 다 치렀다고요."

"요즘 교도소도 시설 좋거든. 특별한 호텔이라고 생각하면 그것도 괜찮을 거다."

형사가 배달원의 머리를 후려쳤다.

"아, 씨발, 나 범인 아니라니까. 붕어도 못 자르는데 사람을 어떻게 잘라요."

배달원은 몸부림을 쳤다. 결국 사고가 났다. 구치소로 이감하려던 차 앞에서 어깨로 형사를 들이박고 도주한 것이다.

"잡아."

형사 둘이 소리쳤다. 정문의 의경 둘이 막아보지만 필사적인 도주자에게는 역부족이었다. 그러나 수갑을 찬 덕분에 오래가지 못했다. 범인은 가까운 동네 의원으로 들어가 아무 방이나 열었다. 약품을 쌓아둔 곳이었다.

"이거 안 열어?"

형사들이 문을 두드렸다.

"나 아니라고요. 진짜 아니라고요."

문을 잠근 배달원이 악을 썼다.

그사이에 간호조무사가 열쇠를 가져왔다.

철컥!

문이 열리자 형사들이 경악을 했다. 배달원이 거품을 물고 늘어진 것이다.

"이 새끼, 무슨 약을 처먹었나 본데?"

소독약을 위시한 약장의 약품들이 엉망이었다. 음독을 시도한 배달원이었다.

띠뽀띠뽀!

간단한 응급처치 후에 응급실로 옮겨졌다.

"절대로 아니야. 절대로……."

119 구급차 안에서도 중얼거린다. 추격을 돕던 형사 하나가 중얼거렸다.

"진짜 범인 아닌 거 아냐?"

같은 시각, 창하는 유전자분석실에 있었다. 박영아의 질 부근 샘플의 검사 결과를 들으러 온 것이다. 이 검사는 시간이 오래 걸렸다. 굳은 시료를 자연스레 녹여야 했고, 다시 그 안에서 체액이나 정액을 찾아야 하기 때문이었다.

창하가 달려온 건 분석관의 통보 때문이었다.

"정액 반응이 나왔습니다."

낭보였다.

그러나 오랜 시간이 경과했기에 인내심이 필요했다. 이제야 증폭 과정을 거쳐 분석기에 들어간 상황…….

"결과 나오네요."

분석기를 바라보던 분석관 표정이 밝아졌다.

"두 번째 음모와 같은 계열인데요?"

"두 번째요?"

창하가 고개를 들었다. 두 번째라면 배달원이 것이었다.

결과가 경찰서로 통보되었다. 오래지 않아 창하 사무실의 전화기가 울렸다.

—선생님.

담당 형사였다.

"질 부근의 유전자 검사 결과 받았죠? 정액 반응이 나왔다고 하더군요."

—예, 그게 그런데…….

형사가 말문을 흐렸다.

"무슨 문제가 있습니까?"

—범인 말입니다. 이놈이 지금 병원에 와 있습니다. 심문 후에 수갑을 찬 채 도망치다가 작은 의원으로 뛰어 들어가 약품을 들이마셨어요.

"예?"

—다행히 빨리 위세척해서 큰 탈은 없습니다만 의식이 흐린 가운데서도 자신은 결백하다고 웅얼거리네요. 조사 과정에서도 강력하게 반발하고 있고.

"하지만 증거가 명백하잖습니까? 음모도 그렇지만 정액 반응이 나왔어요. 둘은 같은 계열의 유전자고요."

—대개는 DNA 나오면 두 손 드는데 워낙 강하게 반발을 하니…….

"무슨 뜻입니까?"

—우리 과장님 말씀이… 시신이 워낙 백골이다 보니 혹시라도 검사에 착오가 있는 거 아니냐고…….

"그럴 리는 없습니다."

―알겠습니다. 그렇게 보고드리죠.

형사가 전화를 끊었다.

'독종이네.'

창하 고개가 갸웃 기울었다. 형사의 말대로 현대 수사의 관건은 DNA였다. 이게 나오면 게임 오버다. 게다가 골반이 녹아내린 덩어리에서 추출한 것이었다.

물론 범인이 아닐 수도 있기는 했다. 방성욱이 겪은 사건에 그런 게 있었다. 싸구려 클럽에서 여자를 꼬신 범인. 마약을 먹이고 욕심을 채운 후에 여자를 살해했다. 경찰은 바로 범인을 체포했다. 여자의 질 안에 쑤셔 박은 휴지 덕분이었다. 그 휴지에서 정액이 나왔던 것.

그러나 그는 범인이 아니었다. 진짜 범인이 옆방의 쓰레기통에서 먼저 욕심을 채우고 나간 남자의 휴지를 주워 와 집어넣었던 것.

배달원이 범인이 아니려면 그런 경우밖에 없었다. 사건이 벌어진 곳은 여러 사람이 생활하는 고시원. 누군가 치밀하게 머리를 썼다면 그럴 가능성이 있기는 했다.

'난해하네.'

창하가 고민에 잠겼다. 음모에 더해 정액까지 찾아내고 고민하기는 이번이 처음이었다. 그러나 범인이 음독을 불사할 정도로 결백을 주장한다니 그냥 넘기기도 어려웠다.

백골 시신이 문제였다. 살이 녹아내리지만 않았다면 어떻게든 다른 단서를 찾을 수 있었다. 시신의 입안이나 귓불, 목, 유두 등에서 체액 검사가 가능하기 때문이었다.

여러 가능성을 짚어볼 때 길관민이 들어왔다.

"차 한 잔 줘라."

그가 소파에 자리를 잡았다.

"지금 끝난 겁니까?"

차를 내주며 창하가 물었다. 길관민에게 배정된 건 예기손상이 심한 시신이었다. 예기손상은 주로 흉기에 의한 상처들. 방에서 발견된 가장의 상처 부위가 여섯이니 살인을 의심해 실려 온 것이다.

"자살이야."

길관민이 답했다.

"손상이 죄다 심장 부근이더라고. 방어흔도 없고. 피살이라면 죽기 살기로 실랑이를 벌이는 판인데 누가 심장 부위만 찌르겠어."

"그렇군요."

"그나저나 백골은?"

"간신히 모발하고 정액 찾았습니다."

"진짜?"

"예."

"으허, 이 선생, 너 진짜 부검이 천직이다. 살이 다 녹아서 흘러내리다 굳어버린 시신이라고 하던데?"

"다행히 비닐 안이라 체액 굳은 게 고였습니다. 만약 어디에 묻거나 그냥 방치한 시신이라면 단서 잡는 게 곤란할 뻔했습니다."

"역시……."

"부검도 어려웠지만 범인도 만만치는 않네요. 이 인간이 결백을 주장하며 음독 시도까지 했다는군요."

"음독?"

"예."

"DNA가 나왔는데 음독이라… 흔한 경우가 아닌데?"

"그래서… 혹시나 해서 다른 경우의 수를 한 번 생각하던 참이었습니다."

"검시관이 정액에 DNA 찾아줬으면 됐지 범인이 오리발 내미는 것까지 책임져야 해? 난 쌍둥이 사산 부검이 남아서 가봐야 하니까 그냥 잊어버려."

길관민이 일어섰다.

쌍둥이 사산 부검.

태어나지도 못한 생명, 게다가 쌍둥이라서 그럴까? 길관민의 한마디가 귀에서 앵앵거렸다.

쌍둥이?

"아!"

창하가 시선을 들었다. 아까 짚어보던 것 외에 또 다른 가능성이 있었다. 범인이 쌍둥이라면? 그렇다면 가능했다. 특히 일란성쌍둥이는 DNA가 거의 일치한다. 창하가 재빨리 전화기를 집어 들었다.

"형사님, 저 국과수 이창하입니다."

＊　　　　＊　　　　＊

"야, 박국조."

형사들이 확인에 들어갔다.

"너 쌍둥이야?"

"씨발, 약 처먹었나?"

정신이 돌아온 배달원이 눈을 부라렸다.

"새끼야, 묻는 말에나 대답해. 쌍둥이야 아니야?"

"아니라고요. 세상천지에 나 혼자라고요. 됐어요?"

"진짜야?"

"그렇다고요. 그러니까 빨리 내보내 주기나 해요. 나 여기 있는 거 여친이 알면 끝장이라고요."

"이 새끼가 아직도 정신 못 차렸네. 넌 지금 살인범으로 잡혀 와 있는 거야, 새꺄."

"아니라고요. 하늘에 두고 맹세하걸랑요."

"부모님은 돌아가셨고… 친척은?"

"씨발, 범인 아니라는데 친척은 왜 또? 나 세 살 때 엄마 아

빠 다 죽어서 고아원에서 자랐거든. 친척 있으면 좀 찾아주
셔."

배달원은 계속 악을 썼다. 형사가 고개를 갸웃거렸다. 강력
팀 13년 경험의 베테랑이다. 아무리 봐도 거짓말은 아닌 것
같았다. 하지만 DNA가 나온 마당이었다.

"고아?"

보고를 받은 과장이 시선을 들었다.

"예, 친척도 없는 모양이니 확인하기 어렵겠습니다."

"안 돼. 좀 더 확인해 봐."

"과장님."

"쌍둥이 의견 낸 게 누구야? 이창하 검시관이잖아? 그 사람
부검이 빗나가는 거 봤어?"

"그건 그렇지만……."

"고아라니 친척들이 있어도 모를 수 있잖아? 괜히 나중에
피 보지 말고 체크해. 죽은 부모 호적 뒤지면 뭐든 나올 거
야."

"어우, 저 새끼 범인 맞는데……."

형사는 머리를 긁으며 돌아섰다.

"……!"

얼마 후, 형사의 눈이 휘둥그레졌다. 어렵사리 찾은 배달원
주변의 증언 때문이었다.

"걔 친자식 아니야. 누가 걔네 부모가 하는 가게 앞에 놓고

갔다지? 애가 없던 터라서 그냥 키웠고……."

"그게 정말입니까?"

"그럼. 그때 내가 그 집 이웃에 살았거든. 비밀로 해달라고 신신당부하던 모습이 눈에 선하네."

'윽.'

형사가 인상을 찡그렸다. 증언이 나왔지만 쌍둥이 여부를 확인할 수 있는 말이 아니었다. 별수 없이 수사 범위를 확대했다. 배달원이 태어난 시기의 산부인과를 전부 뒤졌다. 쌍둥이는 흔하지 않다. 집에서 낳은 아기가 아니라면 어디서든 결과가 나올 판이었다.

"알겠습니다. 고맙습니다."

쌍둥이 출산이 있던 산부인과를 하나씩 확인해 나갔다. 그리고 마침내 연관성이 의심되는 쌍둥이 출산 정보를 듣게 되었다.

"원치 않는 임신으로 출산한 산모가 있었습니다."

단서가 나왔다. 산모를 추적했다. 그녀는 외국으로 떠나고 그녀의 언니에게서 진실을 듣게 되었다.

"걔가 어린 나이에 당한 사고라서 키울 수가 없어서……."

유기였다.

둘을 따로 나눠서 버렸다고 했다. 이야기를 들으니 배달원이 맞았다.

"찾아내."

과장의 지시가 떨어졌다.

이제 수사력은 또 다른 한 명에게 집중되었다.

경찰은 결국 개가를 올렸다. 언니의 진술을 토대로 남은 한 명을 찾아낸 것이다. 그는 대학을 다니고 있었다. 경찰이 찾아 가자 그 역시 범행을 극구 부인했다.

"……?"

"……!"

배달원이 입원한 병원에서 대질에 들어간 쌍둥이. 서로를 바라보더니 말문이 막혔다. 싱크로율 100%에 가깝게 닮은 외 모였던 것.

운명.

미묘한 곳에서 둘을 만나게 만들었다. 그렇기에 둘의 상봉 은 어색하기 그지없었다.

대학생의 유전자 검사를 했다. 시신에서 나온 것과 같았다. 배달원 것과도 일치했다. 하지만 심문에서는 나온 게 없었다.

쌍둥이.

누군가 한 사람은 범인이었다. 그러나 그걸 특정하지 못하 면 기소할 수 없었다. 둘을 기소해 놓고 둘 중 하나를 선택해 처벌할 수는 없는 것이다.

공은 다시 창하에게 돌아갔다.

"어쩌면 좋을까요?"

상담차 찾아온 사람은 형사과장이었다.

DNA.

범행 여부를 가리는 최고의 단서도 이 경우에만은 전가의 보도가 아니었다.

'어쩐다?'

DNA 구조를 발견한 제임스 왓슨과 프란시스 크릭 등의 소환이 필요한 시기였다. 인간의 육체는 수십조 개의 세포로 구성된다. 그 구성원은 아데닌과 티민, 구아닌, 그리고 시토신이었다. 이들이 각각 특정한 방식으로 쌓이면 인간의 몸이 된다. 이들이 쌓이는 방식이 '일치할 확률'은 게놈의 구역 검사를 반복할수록 아스라이 멀어진다. 예컨대 미국에서는 DNA의 열세 개 구역을 검사하는 게 기본이지만 이 경우에 있어 열세 개의 검사 구역이 일치할 확률은 무려 1조분의 1이었다. DNA 검사는 이런 방식으로 단 한 명의 용의자를 좁혀간다.

물론 100% 완벽한 것은 아니다.

예를 들어 오래된 유골과 모발이 그렇다. 모근이 있는 모발이라면 DNA 검사가 가능하다. 그러나 모발은 자연스럽게 탈락하기도 하니 모근이 없는 경우도 있다. 이럴 때는 핵 DNA를 사용할 수 없다. 이때 대안으로 검사하는 게 바로 미토콘드리아 DNA다.

미토콘드리아 DNA는, 핵 DNA와 달리 세포핵의 외부에 위치한다. 핵 DNA보다 약 2,000배나 많고 부패의 영향을 덜 받는 데다 내성까지 강하다. 그렇기에 오래된 유골에서도 검사가 가능하다.

핵 DNA가 부모 양쪽의 DNA가 결합해 만들어진 것과 달리 미토콘드리아 DNA는 오직 어머니에게서만 물려받는다. 따라서 모계 친척이 공유한다. 어머니와 형제자매, 이모와 그 자식인 사촌들 등을 포함한다.

남자 형제와 남자 사촌도 같은 미토콘드리아 DNA를 갖고 있지만, 여자와 달리 남자는 자식에게 물려주지 않는다.

결론적으로 미토콘드리아 DNA는 동일한 DNA의 검출이 나올 수 있다. 하지만 그건 여자의 경우다. 배달원과 대학생은 남자인 것이다.

더불어 또 다른 가능성이 남는다, 그게 바로……

'일란성쌍둥이……'

사람의 염색체는 23쌍의 46개. 사람마다 구조가 미세하게 다르다. 그러나 일란성쌍둥이만은 이 법칙에서 예외였다.

배달원과 대학생은 일란성쌍둥이.

경찰의 심증은 배달원 쪽이었다. 그가 고시원 생활을 한 까닭이었다.

쌍둥이……

엄청난 난제를 만났다. 어떻게 해야 두 쌍둥이 중의 하나를 특정할 수 있을 것인가. 자칫하면 DNA를 확보하고도 헛발질이 될 판이었다.

방성욱이라면?

영상물을 열었다. 벌써 열 번 이상은 본 것 같은 그의 부검 영상물들. 뒤쪽에 쌍둥이 범인이 관련된 게 있던 걸 기억하고 있었다.

그들은 직업여성이었다. 둘이 번갈아 가며 늙은 회장을 상대했다. 돈 많은 회장이 사디스트였던 것. 그 가학을 견디기 어려우니 자매가 번갈아가며 고통을 나눴다. 여자가 쌍둥이 인 줄 모르는 회장은 희열에 젖었다. 이렇게 잘 견뎌주는 여자는 처음이었던 것. 기분이 좋으니 화대를 팍팍 찔러주었다.

그녀는 회장 삶의 위로가 되었다. 회장은 점점 가학의 수위를 높였고 여자를 기다리게 되었다. 그러던 어느 날, 회장이 쓰러졌다. 인수합병으로 스트레스가 많았던 회장, 처음부터 여자를 너무 거칠게 다루었다. 힘에 부친 쌍둥이 언니가 몸부림을 치는 통에 회장이 물침대에서 떨어져 버렸다. 하필 머리를 부딪치며 사망했다. 놀란 언니는 옷과 가방을 챙겨 달아났다. 오늘 몫의 화대도 물론이었다.

침실을 조사한 경찰이 쌍둥이 중의 언니를 수배했다. 회장 손에 들린 채찍에서 그녀의 체세포가 나온 것. 문제는 그녀의 알리바이였다. 그녀는 그날 밤, 뉴욕에서 먼 도시의 패션쇼장에 있었다.

"뭐야?"

경찰이 혼란에 빠졌다. 그걸 밝혀준 게 방성욱이었다. 침대에서 나온 머리카락이 단서였다. 두 가지였는데 색과 길이가 달랐다. 쌍둥이들의 머리 스타일이 달랐던 것.

그러나 DNA는 동일했으니 쌍둥이라는 의견을 내놓았다. 그 답은 정확하게 들어맞았다. 채찍에 묻은 체세포는 언니의 것이었다. 그러나 그날 밤, 회장을 상대한 건 동생이었다. 회장은 채찍을 들었지만 써보지도 못하고 쓰러졌다. 그렇기에 언니가 수배의 대상이 되었던 것이다.

그렇다면 방성욱은 그 건을 어떻게 해결했을까? 부검 중에 보이는 샘플 메모에 답이 있었다.

「허더즈필드 대학교」

허더즈필드 대학.

영국 소재의 대학이다. 검색하던 창하 머리에 환한 빛이 들어왔다. 해결책이 나온 것이다.

유전자.

결국 다시 유전자였다.

"재검사 좀 부탁해요."

창하가 유전자분석실을 찾았다. 검체는 쌍둥이의 유전자. 대조는 시신에서 나온 정액으로 세웠다. 정액과 일치하는 유전자가 범인인 것이다.

일란성쌍둥이의 유전자는 대부분 일치한다. 하지만 전부

그런 것은 아니었다. 유전자 전체를 검사하면 미묘한 차이가 나온다. 일반적으로는 그 방법을 사용했다. 단점은 몇 개월이 걸릴 수도 있다는 사실이었다.

"선생님."

분석관이 난감한 표정을 지었다. 이런 방법은 비용부터 어마어마하게 들어간다. 더구나 시간이 너무 오래 걸리니 바람직한 방법이라고 할 수 없었다. 이렇게 되면 범인을 특정할 수 없기 때문에 구속도 불가하다. 도주의 우려가 나오는 것이다.

"방법이 있습니다."

창하가 논문의 한 부분을 내밀었다. 허더즈필드 대학의 것이었다. 그 대학의 박사가 도출한 획기적인 방법이 있었다. 쌍둥이의 범죄는 보편적이지 않은 것. 그렇기에 크게 주목받지 못하던 연구. 창하가 찾아낸 것이다.

「후생적 유전체의 변화」

타이틀이 분석관 눈에 들어왔다.

「메틸기」

핵심은 그것이었다. 쌍둥이로 났지만 쌍둥이로 사는 건 아니다. 날 때는 같지만 살아가는 방법이 다른 것에 착안한 구분법이었다.

자는 시간도 다르고 습관도 다르다. 먹성도 다르고 질병이
나 부상 부위도 다르다. 이렇게 되면 메틸기가 유전체에 영향
을 미치면서 유전체가 수정될 수 있었다.

결정적으로 이 쌍둥이는 서로 다른 환경에서 자랐다. 같은
부모 아래서 함께 자란 쌍둥이보다 생활환경이 다를 가능성
이 높은 것이다.

「수소결합」

시작은 수소였다. 쌍둥이들의 DNA에서 수소결합의 수를
바꾸는 것이다. 화합물이 녹는 순간, DNA 샘플에 변화가 발
생했다. 나아가 DNA에 열을 가하자 녹는점에도 차이가 나왔
다. 걸린 시간은 고작 2시간이었다.

"빙고!"

결과를 받아 든 창하가 쾌재를 불렀다. 창하의 예측은 정확
하게 맞아떨어졌다.

딸각!

형사가 조사실 문을 열었다. 결과 설명 요청을 받은 창하가
안으로 들어섰다. 조사실에는 쌍둥이가 앉아 있었다. 배달원
의 위장 상태도 조사받을 정도는 되었던 것이다.

"범인이 밝혀졌다고요?"

배달원이 눈을 부릅뜨며 물었다.

"선생님."

형사가 창하를 바라보았다.

"맞습니다. 범인이 나왔습니다."

창하가 쌍둥이에게 다가섰다. 배달원은 긴장 모드에 들어 갔다. 그러나 대학생은 살짝 여유가 보였다. 그는 미생물 전공 자라 유전자의 특성에 대해 알고 있었다. 유전자분석조차도 일란성쌍둥이에게는 거의 소용이 없다는 팩트······.

"범인은 두 사람 중의 한 사람입니다. 물론 본인이 잘 알고 있겠죠."

"무슨 헛소리를 하는 겁니까?"

태어난 직후에 헤어졌지만 피는 진했다. 둘의 반응은 때로 똑같은 행태로 나타나고 있었다.

"범인은 박영아, 즉 피살된 여학생을 성폭행합니다. 아니, 어 쩌면 서로 합의가 된 관계일 수도 있지요. 아무튼 행위 중에 흥분한 범인, 여학생의 위에서 목을 졸랐는데… 미친 듯이 폭 주하면서 방출을 끝내고 보니 여학생이 숨을 쉬지 않습니다. 죽이려 의도한 건 아니지만 사망한 거죠. 왜냐면 남자가 위에 올라탄 채 여자 목을 누르면 체중이 실리는 데다 여자는 상대 적으로 움직이기가 어렵기 때문에 작은 힘으로도 숨을 끊을 수 있습니다. 물론, 두 분 중의 한 사람이죠."

"픗!"

대학생이 냉소를 던졌다.

"여학생이 죽자 범인은 생각합니다. 일단은 시신을 치우자. 어떻게 치울까? 궁리하던 중에 작은 벽장 칸을 보게 됩니다. 찬장을 당겨서 가려 버리면 맞춤한 곳. 그러나 입구가 작으니 시신을 넣기가 힘들어 보입니다. 시신 훼손은 그렇게 시작되었겠죠."

"……."

"그렇게 시신을 훼손한 범인, 주방과 빈 고시원 방을 뒤져 곳곳에서 비닐 봉투를 찾아냅니다. 그 와중에 기막힌 물건 하나를 발견합니다. 그 또한 두 분 중의 한 사람은 알고 있을 겁니다."

"뭐래?"

"그 물건을 여학생의 음모 사이에 눌러놓습니다. 혹시라도 시신이 발견되면 수사에 혼선을 일으키려는 생각이었겠지요."

"……."

"그런데 사실 의도치 않은 곳에서 진짜 혼선이 왔습니다. 그 음모 중의 하나가 기막히게도 어릴 때 자신과 헤어진 쌍둥이였던 거죠."

"……."

"범인은……."

창하가 시선을 들었다. 의기양양하던 쌍둥이는 그 눈빛 앞에 얌전했다. 긴장 백배의 쌍둥이를 향해 창하의 손가락이 다가갔다.

"당신이야."

제5장
—
악몽의 천국

당신.

손가락이 가리킨 사람은 대학생이었다.

나?

대학생의 눈이 반응할 때 창하의 쐐기가 날아갔다.

"당신, 미생물 전공이라고? 쌍둥이가 나타났다는 말에 쾌재를 불렀겠지. 이제는 잡혀도 잡힌 게 아니다 하고 말이야. 하지만 이건 몰랐을 거야. 메틸기를 이용한 유전체의 차이 구분. 만에 하나 당신들이 똑같이 먹고 자고, 움직였다면 그것도 불가능하겠지만 불행히도 완전히 다른 환경에서 자랐거든. 덕분에 화합물들이 녹는 순간의 변화와 DNA 녹는점이 확연히 구분이 되더라고."

"윽!"

대학생 얼굴이 참담하게 구겨졌다.

"이제 선물을 주시죠."

창하가 형사를 돌아보았다. 형사가 다가가 수갑을 흔들었다. 대학생은 체념한 듯 수갑을 받았다.

철컥!

소리가 경쾌했다.

"메틸기……."

대학생이 웅얼거렸다. 학생이기에 아직 들어본 적이 없는 쌍둥이 유전자 구분법. 게다가 창하의 프로파일링이 기막혔으므로 기가 질려 버린 것이다.

"자, 이제 자백을 들어볼까? 고인을 위해서……."

형사가 대학생을 주저앉혔다. 그사이에 다른 형사가 들어와 배달원을 데리고 나갔다. 그는 무죄이기 때문이었다.

"으윽!"

대학생은 머리를 감싸며 무너졌다. 1년이 가깝도록 발견되지 않은 범행. 처음에는 불안했지만 그냥 넘어가는 것으로 알았다. 그 정도의 시간이면 설령 시신이 발견되다 해도 백골이 되었을 것이기 때문이었다.

"범행 과정은 이 선생님 말대로?"

형사가 물었다.

끄덕!

대학생이 수긍했다.

"음모를 주워다 넣어 수사 혼선을 노린 것도?"

끄덕!

"시신 훼손도 벽장에 넣으려다 보니?"

끄덕!

"범행 동기는?"

"……."

"다 왔잖아? 빨리 끝내고 쉬자고. 너도 차라리 속 시원할 거 아냐?"

"……."

"조은국."

조은국은 대학생의 이름이었다.

"그날 직전에 우리 학교에서 만났습니다. 혼자 대학 탐방을 왔더라고요. 그때 주소를 알았습니다. 법대 건물을 묻길래 대답해 주고 안내를 해주었습니다. 왜 법대 지망이냐고 물었더니 엄마 얘기를 하더군요."

"허얼."

"얼마 후의 집회 때 졸업하신 선배가 어지럼증을 호소해 집에 모셔다 드렸는데 여학생네 고시원이 근처더라고요. 문득 생각이 나서 들렀는데 영아가 울고 있었습니다."

"울어?"

"하굣길에 버스에서 성추행을 당했다더군요. 무섭다고 우는 걸 달래주다 보니 몸이 밀착하게 되었고… 그러다 보니 쏠려서……."

"어이없네. 성추행을 위로한답시고 성폭행하고 살인?"

"그럴 생각은 전혀 없었습니다. 그런데 제가 처음으로 성관계를 갖다 보니 너무 흥분해서… 막 누르고 흔들고 했는데 정신을 차리고 보니……."

"후우."

"나머지는 저분이 말씀하신 것과 비슷합니다. 막상 영아가 죽고 보니 어디다 감춰야 한다는 생각뿐이었습니다. 하지만 건물 앞은 바로 도로. 허름한 길이라 CCTV는 안 보였지만 누군가 볼 것만 같았어요. 그러다 작은 벽장이 눈에 띄어서……."

"아무리 그렇다고 토막을 내?"

"죄송합니다."

"어우, 이런 미친놈. 그러니 난생처음 쌍둥이 형제를 만나고도 영영 이별일세. 넌 최소한 무기징역이야, 무기징역."

"……."

"아무튼 그 팔자도 참 기묘하구나. 하필이면 범행을 저지른 곳이 쌍둥이가 살던 고시원. 하필이면 주워 온 음모 중의 하나가 쌍둥이의 그것. 운명의 장난인지 우연의 일치인지……."

형사가 혀를 찼다.

형사가 대학생을 일으켜 세웠다. 호송차로 나오니 그 앞에 배달원이 있었다. 대학생이 걸음을 멈췄다. 둘의 시선이 허공에서 만났다.

"미안해."

대학생의 입에서 나온 한마디였다. 그걸 끝으로 호송차에 올랐다. 차가 멀어지자 배달원의 입에서도 한마디가 나왔다.

"씨팔."

혀에서 저절로 밀려 나오는 욕설. 하지만 정작 그 눈에 서리는 건 진한 눈물이었다.

*   *   *

"수고 많았네."

국과수로 돌아오자 소장이 치하를 해왔다. 난제 하나를 넘어선 것이다.

"아닙니다."

창하가 답했다. 쌍둥이들의 운명은 기구했지만 그 이상은 생각하지 않았다. 창하는 그저 망자의 한을 치료한 것뿐이니까.

"아무튼 대단하네. 일란성쌍둥이 유전자를 구분할 생각을 다 하다니……."

"마침 쌍둥이가 다른 환경에서 성장한 게 도움이 되었습니다."

"그런 행운도 노력하는 사람의 것이지."

"……."

"자네가 온 후로 사인 규명 확률이 현저하게 높아졌네. 덕분에 국민들과 경찰청의 신뢰도 높아졌고."

"그래도 간간이 사인 불명이 나오지 않습니까? 더 분발하겠습니다."

"그러세. 우리 모두가 사인 규명 100%를 달성할 때까지."

어깨를 두드려 준 소장이 문을 나갔다.

"선생님."

머지않아 원빈이 들어왔다. 또다시 부검이다. 그 어떤 빛나는 사인 규명도 다음 부검을 멈추게 하는 요인이 될 수 없는 게 국과수였다.

"시신 벌써 들어왔어요?"

창하가 시계를 보았다. 예정된 시간보다 조금 빨랐기 때문이었다.

"그게 차질이 생기는 모양입니다."

"차질요? 왜요?"

"이게 종교 재단 문제가 엮인 것 같은데 유족과 목사 측 간에 이견 충돌이 있다는군요."

"유족은 몰라도 목사가 왜요?"

"그게… 집단생활을 하는 곳인데 유족의 의사와 달리 목사와 그 신도들이 부검 영장 집행을 막고 있다고 합니다."

"……?"

창하 미간이 일그러졌다. 부검을 반대하는 일은 비일비재했다. 시위 현장에서 일어난 사고의 부검이 그랬고 첨예한 대립이 일어난 문중과 집안 문제가 그랬다. 그렇기에 창하도 더는 깊이 생각하지 않았다. 그 문제의 해결은 경찰 몫이기 때문이었다.

"그럼 가서서 쉬고 계세요."

창하가 원빈을 내보냈다. 그런 다음 시신의 히스토리에 대해 알아보았다. 매사 종교와 정치가 얽히면 복잡해진다. 아니나 다를까. 이 부검 역시 그런 선상에 있었다.

'사이비종교 왕국…….'

화면에 관련 보도가 떠올랐다. 한 목사가 교외에 개척교회를 세웠다. 특별한 매력으로 신도가 늘었다. 교회가 확장되자 공동생활체를 만들었다. 에덴의 동산 재현을 앞세워 구원의 그날까지 자급자족을 선언한 것이다. 그들은 그곳을 헤븐 밸리, 즉 천국의 보금자리라고 불렀다.

문제는 돈과 여자였다. 공동생활체 안으로 들어온 신도들은 자신의 모든 재산을 목사에게 바쳤다. 어리고 반반한 여자들은 목사의 시중들기에 동원되었다. 그 안의 어린이들은 학교에도 가지 않았다. 외부와 완벽하게 차단된 생활에 돌입한 것이다.

집단생활을 하다 보니 부작용이 나기 시작했다. 일부 신도는 가족을 버리고 왔으니 각종 법률상, 재산상 문제가 불거졌다. 내부적으로도 목사의 비리와 전횡이 고개를 들었다. 그러나 그 안의 목사는 신이자 황제였으니 지상의 모든 것, 심지어는 생살여탈권까지도 그의 손에 있었다.

그러다 한 남자가 죽었다. 그래서 같이 살던 14살 아들이 그 천국(?)을 빠져나와 경찰에 고발을 한 것이다.

"목사님이 우리 아버지를 죽인 거 같아요."

신고를 받은 경찰이 출동했지만 천국의 문은 열리지 않았다. 무려 300여 명의 신도들이 출입구를 막고 길을 내주지 않은 것.

천국 측은 의사의 사망진단서로 실드를 쳤다.

「결핵으로 인한 폐출혈사」

아들의 이야기와 달랐다. 아들의 증언에 의하면 아버지는 목사의 부름을 받고 달려갔다가 새벽녘에 주검으로 돌아왔다.

"목사님에게 불려 갈 때 심상치가 않았어요."

아들의 증언은 또렷했다.

검사가 부검 영장을 청구했다. 그 또한 천국의 입구에서 막혔다. 목사의 지시를 받은 신도들은 경찰과 검찰을 사탄으로 규정하고 출입을 허락하지 않았다. 목사는 이때까지 코빼기도 보이지 않았다. 시신이 국과수로 오지 못하는 이유가 그것이었다.

디롱또롱!

창하 책상의 전화가 울었다.

—이 선생님, 저 부천지검 공재기 검사입니다.

수화기 속에서 젊은 검사의 목소리가 흘러나왔다.

—종교 재단 부검 건이 선생님에게 배정되었다면서요?

"예."

—이게 좀 복잡하게 돌아가고 있습니다. 재단 측 신도들이 심하게 반발하고 있어서 말이죠.

"방금 보도를 찾아보았습니다. 그럼 부검이 취소되는 건가요?"

—영장이 떨어진 건데 그럴 수는 없지요. 정황상 범죄의 조짐이 있는 데다 나쁜 선례가 됩니다.

"그럼……?"

—강제집행을 하겠다고 으름장을 놓았더니 교회 측에서 협상안이 나왔습니다.

"협상안요?"

―이게 자기들의 교리 문제라 시신의 외부 반출은 절대 금지랍니다. 그러니 부검의가 직접 와서 보는 것까지만 허락하겠다는군요. 물론 칼을 대는 것도 금지입니다.

"그럼 부검이 아니라 검안 아닙니까?"

―그렇게 되는 건데 저희도 좀 난감합니다. 신고자는 아들인데 아직 미성년이고 겁에 질려 있어서 증언의 신빙성을 100%로 보기 어렵습니다. 게다가 이 교회가 지역사회 기여도도 있고 의사의 사망진단서까지 딸려 있으니 말입니다.

"제가 도와드릴 일이 있습니까?"

―그게… 죄송한 말씀입니다만 선생님이 저희랑 같이 가셔서 검안이든 검시든 좀 해주시면 안 되겠습니까?

"그렇게 되면 정확한 사인을 밝히지 못할 수도 있습니다. 관련 검사 또한 수행할 수 없는 것 아닙니까?"

―그렇기는 한데 분위기상… 신도들이 워낙 완강하니 강제로 밀고 들어가 시신들 운구해 오면 불상사가 날 수 있습니다. 몇 명 다치거나 죽기라도 하면…….

"그런 분위기 속에서 검안인들 제대로 되겠습니까?"

―그건 염려 마십시오. 제가 책임지고 수행하겠습니다.

"……."

―선생님.

"장기로 치면 차 떼고 포 떼고 사인을 밝히라는 건데… 상황이 그렇다면야 별수 없죠."

창하가 콜을 받았다.

—고맙습니다. 그럼 현장에서 뵙겠습니다.

검사의 전화가 끊겼다.

"현장 부검요?"

창하 말을 들은 원빈과 광배 눈이 휘둥그레졌다.

"너무 위험하지 않을까요?"

원빈이 우려를 표했다.

"담당 검사가 직접 지휘를 한다고 하니 괜찮을 겁니다."

"아니, 아무리 그래도 그렇지. 쌍팔년도 같으면 무덤 파고 그 자리에서 부검을 한 적도 있습니다. 하지만 21세기에 게다가 부검도 아니고 검안만 하라니……"

"일단 가죠. 아무것도 안 하는 것보다는 낫잖아요?"

창하가 일어섰다. 함께 갈 사람은 광배로 정했다. 이런 일에는 아무래도 유경험자가 낫다고 판단하는 창하였다.

"다녀오세요. 무슨 일 있으면 바로 연락 때리세요. 제가 총알처럼 달려갈게요."

원빈의 응원을 들으며 시동을 걸었다.

「헤븐 밸리」

야산으로 접어드는 길목에 이정표가 보였다. 위화감 없이 소담하다. 조금 더 올라가자 검찰과 경찰들이 보였다.

"이 선생님?"

전화를 걸었던 공재기 검사였다.

"와주셔서 감사합니다."

"아닙니다."

창하가 차에서 내렸다.

"종교 재단은 저 위쪽입니다. 보이시죠."

검사가 앞을 가리켰다. 웅성거리는 인파 속에서 오싹한 열기가 느껴졌다.

"살벌한데요?"

"맞습니다. 사이비종교에 빠진 사람들은 때로 광기에 물들기도 하니 예측하기 어렵습니다. 그러니 선생님, 혹시라도 시신이……"

검사가 창하 귀에 대고 남은 말을 속삭였다.

"알겠습니다."

"그럼 가실까요?"

창하가 답하자 검사가 앞장을 섰다. 그를 수행하는 검찰 수사관 셋에 형사 셋이 따라붙었다. 창하와 광배를 더하니 합이 아홉이었다.

"사탄은 물러가라."

"하느님이 보고 계시다. 개수작들 부리지 마라."

창하 일행이 등장하자 신도들의 기세를 올리기 시작했다.

휴식을 취하던 사람들까지 몰려와 갈기를 세우니 공포감마저 들 정도였다.

"부검의와 함께 왔습니다. 윤 집사님 불러주세요."

검사가 현장 책임자에게 말하자 누군가 인파를 헤치고 등장했다.

"풍채 한번 우람하네요."

광배가 중얼거렸다. 윤 집사로 불리는 책임자는 130㎏에 육박하는 40대의… 여자였다. 워낙 남자처럼 꾸며 남자로 보이지만 창하는 한눈에 알아차렸다.

창하를 노려본 그녀가 신도들을 향해 손짓을 했다. 그러자 신도들의 인의 장막이 시원하게 열렸다.

"가시죠."

검사가 앞서 걸었다. 만반의 준비를 끝낸 것인지 일말의 동요도 엿보이지 않는다. 그래서 창하도 든든했다.

"시간은 한 시간입니다. 출입자는 세 명 이내, 나머지는 검안방 앞의 복도에서 대기합니다."

예배당 문 앞에서 집사가 말했다. 검사도 아랑곳없는 일방통보였다.

끼이.

짧은 경첩 소리와 함께 문이 열렸다. 안에는 신도 신분인 의사와 간호사가 있었다. 그 앞에 흰 시트에 덮인 시신이 놓여 있다. 창하가 들어서자 간호사가 시트를 벗겼다. 오랜 줄다리기 끝에 드러난 시신이었다.

"……!"

순간 창하 눈자위에 파르르 경련이 일었다. 시신은 장례를
위해 완벽하게 단장된 상태였다. 몸에는 상처 하나 보이지 않
았다.

살인 혐의?

능력 있으면 한번 찾아봐.

집사와 의사의 눈은 그렇게 말하고 있었다.

＊　　　　＊　　　　＊

"다시 말하지만 메스는 절대 불가합니다. 칼이 닿으면
이 신도가 천국에 갈 수 없거든요. 만일 그런 조짐이 보이
면……"

집사가 창 너머를 바라보았다. 건장한 남자 신도 수십 명이
보였다. 집사의 명령이 떨어지면 목숨이라도 내놓을 눈빛이었
다.

"그리고 검사님."

집사의 시선이 공 검사에게 건너갔다.

"더불어 말하지만 우리 백재호 신도의 아들 말은 다 거짓입
니다. 그 녀석의 악행과 거짓말 때문에 백 신도가 얼마나 가
슴 아파했는지 모를 겁니다."

"……."

"신성한 교단을 의심한 죄, 훗날 엄중한 단죄를 받을 겁니다. 하지만 내일을 모르는 게 우매한 인간들. 신의 도량 앞에 하잘것없는 법을 내세우니 천인공노할 일임에도 목사님의 하해 같은 은전을 막을 길 없으니 살펴보기 바랍니다."

"……."

"아멘."

집사가 손을 모으자 의사와 간호사도 두 손을 모았다. 그러자 복도의 신도들이, 그 밖에 포진한 신도들도 일제히 두 손을 모은다. 너무나 일사불란하니 광란이 아닐 수 없었다.

"시작할까요?"

창하가 광배를 돌아보았다.

"탈의실이 필요합니다."

광배가 집사에게 물었다.

"탈의실이 왜?"

집사가 미간을 구긴다.

"부검복으로 갈아입어야 합니다."

"부검복? 부검을 하라는 게 아니라 검시를 허락한 거요."

집사의 목소리에 힘이 들어갔다.

"부검이든 검시든 부검복을 입는 것은 망자에 대한 예의입니다. 당신들 목회자께서 예배를 주관할 때 사제복을 입듯이."

"안내해 드려."

집사가 간호사에게 지시를 내렸다. 그녀가 작은 방을 탈의실로 내주었다.

"기선 제압, 멋졌습니다."

부검복을 꺼내놓은 창하가 엄지를 세워 보였다.

"그나저나 괜찮겠습니까? 시신을 분칠에 꽃단장까지 해놓았으니 외표 검사가 거의 불가능하지 않습니까?"

"그럼 아멘 해주고 돌아갈까요?"

"……."

"조금 불리하긴 하지만 해보자고요."

창하가 웃었다. 시신을 앞에 둔 이상 물러설 수는 없었다.

"시작합니다."

시신 앞에 선 창하가 부검의 시작을 알렸다. 그러자…….

딸깍!

실내의 불이 꺼졌다. 신당이라고 해서 루틴을 생략할 생각은 없었다.

"뭐야?"

집사가 벼락처럼 반응을 했다.

"쉬잇!"

스위치 앞의 광배가 창하를 가리켰다. 어두워진 실내, 창하의 시선은 시신 위에 있었다. 그 표정이 기도 시간 이상으로 경건하니 집사가 군소리를 달지 못했다.

"……."

창하는 집중했다. 망자와의 문진이었다. 어둠 속에 누운 망자의 표정에서 고통이 엿보였다. 어쩐지 편치 않은 것이다.

딸깍!

다시 불이 들어오고, 광배가 창하 맞은편에 자리를 잡았다.

「사망 원인─폐출혈, 사망의 기전─폐출혈로 인한 기관지 폐쇄 질식」

의사가 폐 X—ray 사진 두 장을 걸어주었다. 오른쪽 폐의 활동성 폐결핵이다. 폐 사진 속에 눈발이 날리니 폐결핵은 맞았다. 결핵은 폐에만 생기는 게 아니다. 동공성 폐결핵이 되면 심한 객혈로 사망할 수 있다. 기관이나 기관지점막을 파열시킬 경우 내출혈로 인한 질식사도 가능하다.

사진도 제시가 되었다. 사망 직후였다. 시신의 입과 코로 흘러나온 출혈이 보였다.

현재의 시신은 깨끗했다. 출혈은 깨끗이 닦였고 얼굴은 샤방샤방. 다시 한번 X—ray와 사망 직후의 사진을 본다. 폐의 눈발과 입가의 출혈 소견. 폐출혈인 것은 확실했다.

"영상과 사진을 가져가도 되겠습니까?"

창하가 슬쩍 반응을 떠보았다.

"물론이죠. 검찰과 국과수시라는데……."

의사가 답한다. X—ray와 사진에 문제가 없다는 뜻이었다.
조작된 거라면 거부할 일이었다.

시신은 자작나무처럼 희다. 온통 분이 발려 있는 것이다.

"분은 왜 전신에 바른 거죠?"

외표 검사에 돌입하며 창하가 물었다.

"우리 재단의 종교의식입니다. 천국으로 가는 치장이지요."

대답은 집사 입에서 나왔다.

"치장……."

그 말을 흘리며 시신의 머리를 살폈다. 머리카락에 불빛을
비춰본다. 여기도 분가루를 뿌렸으니 외상을 확인할 길이 없
었다.

얼굴 쪽으로 내려갔다. 눈과 코, 입, 귀 등을 살핀다. 코와
입에 면봉을 넣었다. 안쪽 깊은 곳에서 혈흔이 묻어났다. 입안
으로 불빛을 비췄다. 혀뿌리 쪽에 시반의 흔적이 보였다. 더불
어 살짝 부었다.

이번에는 목이었다. 조금 부어올랐다. 하얗게 떡칠을 한 분
사이로 약간의 상처도 보였다. 교살의 징후는 아니지만 마음
에 걸렸다.

손발과 늑골 뼈 등은 큰 이상이 없었다. 부검이 불가하니
손으로 관절을 눌러 확인한다. 부검만큼 정확하지는 않지만
사망에 이를 정도의 손상이라면 감지할 수 있는 창하였다.

"……!"

배꼽 옆의 지점에서 한 번 더 시선이 멈췄다. 흰 분칠 안으로 엷은 시반이 엿보인다. 그것 외에는 특별한 징후가 없었다.

[살짝 부어오른 목+혀뿌리 쪽의 시반+입안의 혈흔 반응]

문제라면 문제고 폐출혈의 일부라면 일부였다.

사인은 폐출혈사.

의사의 진단에는 큰 무리가 없었다. 한두 군데 시반이 보이지만 타살의 원인이 되기에는 미비했다. 게다가 생전에 다친 소소한 상처일 수도 있었다.

"등쪽 보고 끝내죠."

창하가 머리, 광배가 다리 쪽에서 호흡을 맞춰 시신을 뒤집었다. 등에도 특별한 손상은 보이지 않았다.

"끝내야겠네요."

창하가 광배에게 말했다. 둘은 다시 호흡을 맞춰 시신을 편안하게 누여놓았다.

"머리가 삐뚤어졌네요."

광배가 창하에게 손짓을 했다. 머리를 잡고 자세를 바르게 해주었다. 그렇게 숨을 고를 때였다. 창하 손에서 팔랑, 머리카락이 떨어졌다. 시신의 머리에서 묻어난 것이다. 그런데 한두 개가 아니었다. 더불어……

'윽.'

창하 눈이 살짝 구겨졌다. 시신의 입이었다. 안에서 액체가 밀려 나온 것. 자세히 보니 미세한 거품이었다. 거품은 주로 익사체에서 보이는 현상이다.

「익사?」

창하의 촉이 벼락처럼 반응을 했다.

"자, 다 봤으면 돌아가 주세요. 괜히 어린아이 거짓말에 놀 아나지 마시고."

집사가 시트를 집어 들며 선을 그었다.

"잠깐만요."

창하가 그 손을 막았다. 다시 한번 시신의 머리카락을 문질 렀다. 다시 머리카락이 묻어났다. 위치는 정수리 윗부분. 확대 경을 대보니 다른 곳에 비해 탈모가 심했다. 게다가 사망 직 전에 생긴 듯 신선한 상처였다.

"뭡니까?"

집사가 캐물었다. 상대하지 않고 시신의 사진을 집어 들었 다. 코와 입의 출혈 사진이다. 출혈 부위만 클로즈업되었다. 확대경을 대보니 출혈 사이에 다른 게 보였다. 역시 자잘한 거품이었다.

"이거 다른 각도의 사진은 없습니까?"

창하가 묻자 의사가 집사를 바라보았다. 집사는 잠시 생각

에 잠기더니 끄덕 눈짓을 보낸다. 의사가 다른 사진 두 장을
내놓았다.

"……!"

그걸 보기 무섭게 창하의 촉이 벌떡 일어섰다. 코와 입의
출혈이 선명한 사진이었다.

그건 상관없었다. 창하가 주목하는 건 시신의 머리카락이
었다. 물에 푹 젖었다. 목 아래로 드러난 상의의 일부도 그랬
다. 사진을 놓고 목근육을 다시 보았다. 면봉으로 분칠을 지
웠다. 그렇다고 해도 교살의 흔적은 아닌 손상.

"이상이 있습니까?"

공 검사가 나지막이 물었다. 집사와 의사의 시선이 벼락처
럼 창하에게 쏠렸다. 창하가 고개를 저었다. 순간 검사는 보
았다. 창하가 슬쩍 보여준 손바닥. 여기로 오기 전에 귓속말
로 약속한 신호가 거기 있었다.

「타살」

신호를 받은 검사가 옷깃을 여미었다.

"유감스럽게 되었군요. 목사님 좀 불러주시죠. 인사나 하고
가게요."

검사가 집사에게 말했다. 긴장이 풀린 집사, 음산한 미소를
짓더니 안쪽의 문을 향해 걸었다. 얼마 후에 천국의 인도자를

자처하는 목사가 나왔다. 60대 초반의 중늙은이였다.

"아무리 검찰이기로 이렇게까지 해야겠소?"

목사 목에 힘이 들어갔다. 여기는 그의 왕국. 수많은 신도들이 포진해 있으니 거칠 것이 없는 것이다.

"그러게 말입니다."

검사가 다가섰다.

"아무튼 내 불찰입니다. 신도들을 더 큰 신앙으로 무장시켰어야 했는데 그게 부족했어요. 검찰의 무례는 일간 지검장님 찾아뵙고 정식 항의를 할 테니 돌아가세요."

목사의 손이 문을 가리키는 순간, 수사관이 번개처럼 그 손을 낚아챘다.

철컥!

순식간에 수갑이 채워졌다.

"무슨 짓이야?"

거구의 집사가 달려들지만 그녀 또한 수갑을 면할 수는 없었다.

철컥!

철컥!

철컥!

의자를 들고 덤비던 의사와 간호사도 은팔찌를 받았다. 전격 체포였다.

"이게 무슨 짓이야?"

목사가 폭주를 했다.

"목사님까지 오셨으니 정식 사인을 발표합니다."

발악하는 그들 앞으로 창하가 나섰다.

"사망의 원인, 목 압박사. 사망의 종류 타살. 이 시신은 누군가 머리채를 잡고 물에 담가 물고문을 한 까닭에 돌출된 턱받이에 목이 압박을 받아 사망했습니다."

"무슨 헛소리야? 그 사람은 활동성 폐결핵 환자였다고."

목사 옆의 의사가 악을 썼다.

"폐결핵이 있었을 수도 있지. 그걸 모르고 사는 사람도 많으니까. 물고문을 하니 과격한 호흡을 하느라 결핵이 출혈을 했을 테고. 하지만 직접 사망원인은 물고문에 의한 목 압박이야."

"개소리."

"목근육의 출혈과 혀뿌리의 시반… 증거를 감추기 위해 시신에 분칠을 했겠지. 그래 봤자 부검하면 다 나와. 머리채를 누가 잡았는지도."

"……!"

"검사님, 어딘가 욕조나 물통이 있을 겁니다. 출혈을 했으니 혈흔 반응이 남았을 겁니다. 대검 과학수사부 불러주세요. 여기서 사람이 죽으면 자기들의 지정 묘지에 매장을 하는 것 같던데 다른 변사가 있을 수 있습니다. 서둘러 주십시오."

창하의 목소리가 실내를 울렸다.

그러나 분위기는 만만하지 않았다. 목사와 집사가 긴급체포가 되자 신도들이 신당을 포위한 것이다.

"목사님을 풀어줘라."

"검찰이고 뭐고 다 죽인다."

"우리는 검찰 위의 신찰이다. 신의 소명을 받았으니 수사기관 따위가 어디서 경거망동인가?"

신도들의 목소리가 높아졌다. 목사를 앞세운 공 검사가 나오자 신도들이 주변을 에워쌌다.

"방해하면 공무집행방해죄로 전부 구속합니다."

공 검사가 기개를 뽐었다. 그러나 신도들은 막무가내였다. 각목을 든 남자들이 나서고, 가스통을 메고 온 사람도 있었다.

"선생님, 제 뒤에 바짝 붙으세요."

공 검사가 창하에게 말했다.

"괜찮겠습니까?"

"그럼요. 아무리 공권력이 바닥이라지만 대한민국 검사입니다. 게다가 우리 이 선생님, 국대급 검시관님이신데 안전 보장 약속을 저버릴 수 있나요?"

"하지만……."

창하가 고개를 들었다. 공 검사는 차분하지만 신도들은 그렇지 않았다. 숫자로 보아 이대로 밀어버리면 밀릴 수밖에 없었다. 그렇다고 총을 쏠 수는 없는 것이다.

"에라, 이 쉰발 놈 쉐리들아!"

광분한 신도 하나가 가스통의 가스 밸브를 여는 순간, 신도들 뒤편에 묵직한 움직임이 보이기 시작했다.

"경찰이다."

후미의 신도들이 소리쳤다. 창하네를 포위한 신도들의 시선이 돌아가는 사이, 전격 도착 한 경찰 병력들이 신도들에게 들이닥쳤다.

'그랬군.'

창하가 고개를 끄덕였다. 공 검사가 태연할 수 있었던 근원이 이것이었다. 충분한 경찰 병력을 준비해 두었던 것. 이런 사태를 미리 예측했다는 뜻이었다.

목사와 집사 등의 책임자들은 무사히 압송이 되었다. 부검 대상인 시신도 국과수로 들어왔다. 검찰 수사관의 보호를 받으며 돌아온 창하가 집도에 나섰다.

사인은 확신하고 있었다. 그러나 과학적으로 증명하는 곳이 국과수였다.

시작하자고.

푸른 부검복을 꺼내 든 창하는 이미 준비된 남자였다.

제6장

—

극단 중의 극단

지잉.

음압 부검실 자동문이 열렸다. 원빈과 광배가 듬직하게 버티고 선 부검대. 창하의 메스가 진실의 문을 열고 들어갔다.

예상대로였다.

시신은 활동성 폐결핵이었다. 그러나 그건 직접 사인이 아니었다. 징조는 폐였다. 급격한 호흡으로 인한 출혈 외에도 익사폐의 특징이 나왔다. 물을 먹은 폐가 팽창한 것이다.

목을 열고 들어가니 내측 손상이 제대로 보였다. 욕조의 턱받이 같은 곳에 목을 압박시켜 누를 때 나타나는 성대 부종과 후두 부종도 나왔다. 아울러 목동맥속막열창, 목빗근출혈 소견까지 보인다. 상상 이상의 고문을 해댔다는 방증이었다.

의심스럽던 복부도 문제가 심각했다. 겉보기에는 심각하지 않았던 시반. 절개로 확인하니 심각한 내상이 있었다. 구둣발로 차인 것이다. 복부의 경우 이런 경우가 많았다. 자칫하면 사망도 나온다. 부검이 유용한 이유였다.

'종교인이 아니라 고문 전문가들 수준이군.'

창하가 혀를 내둘렀다.

공 검사의 협조로 사망자의 의료기록을 체크했다. 사망자는 결핵 감염을 몰랐다. 최근 몇 년간 X—ray를 찍은 적도 없고 병원 진료도 받지 않은 게 증거였다. 헤븐 밸리의 의사가 보여준 건 사흘 전 사진. 물고문을 하다 사망하니 아귀를 맞추려고 검사를 해본 게 분명했다.

사망자의 머리채를 잡은 건 거구의 집사였다. 시신의 머리카락에서 그녀의 DNA가 나왔다. 그러나 의사도 한몫을 했으니 시신의 몸에서 그의 체액도 증명이 된 것이다.

수사진을 경악에 빠뜨린 건 욕조였다. 신당의 뒤편에 외따로이 있는 작은 창고 안. 거기 설치된 욕실 안에서 무려 열세 명분의 혈흔이 나온 것이다. 말하자면 사이비종교단의 징벌 장소 내지는 고문 장소였던 것.

신도들에게서 관련 증언이 나오기 시작했다.

"거기가 교화소인데 끌려가면 최소한 병신이 돼서 나와요."

"비명 소리 자주 들었어요."

"우리 목사님 눈 밖에 나면 다 거기 직행이야."

그러나 그들은 누가 언제, 어떻게 사라졌는지에 대해서는 잘 알지 못했다. 이유가 있었다. 목사는 동별로 주거지를 정해 주고 교류를 금지시켰다. 일반 신도들은 먹고, 자고, 기도하고, 남는 시간은 공동 농장에서 맡은 구역의 사역만 했던 것이다.

결국 최근 매장된 무덤 20여 기를 열었다. 무려 열일곱 개가 여자들, 남자는 셋이었다. 부검의 책임은 창하가 졌다. 일주일을 두고 실시된 부검으로 증명된 건 목사의 성폭행과 고문, 살인 등이었다. 시신에 실시된 정성 검사에서 수면제와 졸피뎀, 흥분제 등이 나왔다. 치료 목적이 아니라 쾌락이나 능욕을 위해 사용한 것이다.

물고문을 받다가 목이 부러진 시신, 머리를 맞아 두개골이 깨진 시신도 나왔다.

기타 유사성행위는 집사의 짓으로 밝혀졌다. 그녀는 여자면서 여자를 혐오했다. 그렇기에 목사의 눈 밖에 난 여신도들을 잔혹하게 가해하는 재미로 목사에게 충성을 했던 것이다.

"그 인간이 감히 따지고 들지만 않았어도……."

집사의 자백이 나오기 시작했다.

소년의 아버지는 목사의 친위대였다. 신앙심으로 뭉친 골수 신도였던 것. 덕분에 헤븐 밸리의 질서유지를 맡고 있었다. 목사의 눈 밖에 난 건 세례 의식 때문이었다. 성전의 땅에 들어온 신도는 누구든 세례 의식을 받는다.

속세와 욕망에 물든 때를 깨끗이 씻어준다는 의식. 그 의식은 사이비종교의 끝판왕이었다. 거액을 기부한 신도에게는 고급 청주에 식용 금을 띄운 정화의 욕조에서 몸을 씻기고 최고급 와인으로 내부의 때를 씻어주었다. 그러나 기부금이 적은 자는 그저 찬물 한 바가지를 부어줄 뿐이었다.

문제는 젊은 여자들, 혹은 중년이라고 해도 미모를 갖춘 여자들이었다. 이런 여자들의 의식은 길고 또 길어 때로는 아침이 되어야 끝이 났다. 시간이 길어지니 혹시 사고라도 났나 궁금해하던 소년의 아버지. 그만 의식의 광경을 들여다보게 되었다.

"……!"

그는 그 자리에서 주저앉았다. 그건 의식이 아니었다. 알고보니 목사가 가지고 있는 성수는 종류가 많았다. 수면제와 수면유도제까지 있었던 것. 마음에 드는 여자 신도가 오면 그걸 사용했다. 나머지는 생략이다. 그 생략 과정을 소년의 아버지가 목격하게 된 것.

'잘못 봤겠지.'
'거룩하신 신의 대리인이 그럴 리 없어.'
'저 신도가 목사님을 유혹한 거야.'

첫날은 자신은 눈을 부정했다. 그런 걸 본 눈을 꺼내 팔고 싶었다.

하지만 두 번째도, 세 번째도 변하지 않았다. 다행히 목사는 소년의 아버지가 자신의 행각을 본 걸 모르고 있었다. 그 걸 공표한 건 열네 살 소녀 때문이었다. 늙은 할머니를 따라온 소녀. 인형처럼 순결했다. 그 소녀에게까지 마각을 뻗치는 목사였다.

목사에게 감히 대들 수 없어 기지를 동원해 그 밤을 막았다. 쓰레기통에 불을 질러 목사의 마각을 중지시킨 것. 하지만 그게 발각되고 말았다. 곳곳에 포진한 목사의 수족들 때문이었다.

목사가 지나친 중벌을 내리니 소년의 아버지가 따지게 되었다. 분개한 목사가 그를 징벌실로 밀어 넣었다.

신과 통하는 의식을 불경하게 표현했다.

조치의 이유였다.

징벌실.

간단하게는 병신이 되어 나오고 자칫하면 송장이 되어 묘지로 향하는 길이었다. 그러나 그는 친위 세력. 기여도가 있으니 몇 대 맞고 말려나 싶었지만 그게 아니었다. 물고문 와중에 활동성 폐결핵이 폭발하고 만 것이다.

교단의 전속 의사는 이걸 증거로 폐결핵을 사인으로 내세웠다. 그러나 이 폐결핵사의 선행요인은 물고문이었다. 물고문이 없었다면 소년의 아버지는 죽지 않았다. 그렇기에 이 사망의 종류는 '당연히' 살인이었다.

사이비종교의 만행.

사회가 뒤집혔다.

수사가 진행되니 신도 가족들의 인터뷰가 이어졌다. 헤븐밸리의 신도가 되면 한결같이 가정을 버렸다. 배우자가 반대하면 이혼을 했고 재산은 모두 목사에게 바쳤다. 목사는 종이한 장의 인수증을 써주었을 뿐이다.

그 돈으로 주변 땅을 사들여 왕국을 지었다. 마침내는 전용 납골 묘역까지 만들어 속칭 성전에서 천국까지의 벨트를완성했다. 그러나 납골묘의 진정한 목적은 교단 안에서 일어난 살인을 감추기 위한 용도에 불과했다.

방송과 신문, SNS가 와글거릴 때 창하 이름이 나왔다. 이사건과의 관련은 아니었다.

「국가 대표 검시관 이창하, 보험회사 조언으로 받은 사례를 범죄에 희생된 가정의 아동을 위해 쾌척」

「일본 지점의 180억 보험사기를 막은 이창하 검시관, 사례금전액 기부」

「범죄 해부로 세상을 밝히는 등대 이창하 검시관」

—이창하 대통령 해라.

—국대? 아니죠, 월대입니당.

—우리 애들도 검시관 시켜야겠다.

—검시관 아무나 하냐? 제1저자 되거나 퍼펙트 1등급 찍는 의사 출신이다.

—이창하 검시관 만쉐이.

—검시관 대우 좀 박하다던데 연봉 좀 팍팍 올려줘라.

—그런데 검시관이 뭐 하는 사람이래유?

댓글을 읽어나가던 창하가 마지막에서 빵 터졌다. 검시관과 법의관을 모르는 사람도 있었다. 서운한 게 아니라 더 좋았다. 나아갈 길이 더 많은 것이다.

고귀한 목숨을 죽게 하고도 사고나 병사로 위장하려는 범죄자들. 사이비종교에 대한 개가와 초고액 보험사기 양면에서 검시관의 위상은 동시에 높아졌다.

"드세나."

저녁에는 피경철과 권우재의 위로주를 받았다. 모처럼 백과장도 참석을 했다.

"이야. 그 험악한 적지에서 뚝심의 검안이라니… 나 같은 쫄보는 그냥 폐결핵 맞네요 하고 나왔을 텐데……."

권우재가 몸서리를 쳤다.

"그 사이비 목사가 하느님 팔아먹다가 천벌을 받은 거지. 하필이면 우리 이 선생에게 걸렸으니……."

백 과장도 흐뭇한 표정이다.

"마셔."

피경철은 그저 잔을 재촉할 뿐이다. 어느새 국과수의 핵심 인물이 되어버린 창하. 클릭 실수로 울분을 삼키던 날을 생각하니 술이 달았다. 술술 넘어가는 밤이었다.

가뜬하게 잠이 들었다. 아침도 가뜬하게 맞았다. 샤워도 그렇게 상쾌할 수가 없었다. 출근 직전에 전화 한 통을 받았다. 사이비종교 일로 분주하던 와중에 사임을 한 국무총리였다. 며칠 잔무 정리에 바빠 정신이 없었다며 창하를 치하해 주었다.

총리의 격려.

당연히 상쾌한 하루에 보탬이 되었다. 그러나 그 상쾌함은 무심코 켠 아침 방송에서 무참히 깨지고 말았다. 엄청난 사고가 터진 것이다.

띠롱띠롱!

전화벨이 울렸다.

―이 선생님.

떨리는 목소리는 채린의 것이었다.

'초대형 사건.'

창하는 바로 직감을 했다.

―죄송하지만 시간 좀 되시겠어요? 국과수에는 따로 연락을 했습니다.

"현장입니까?"

―예, 저 지금 선생님 집 앞 주차장에 와 있으니 나오세요.

집 앞이란다. 사태의 무게를 알 수 있었다.

"그러죠."

통화를 끊기 무섭게 옷을 집어 들었다. 동시에 백 과장의 전화가 들어왔다. 채린에게 들은 말과 같았다. 검시관의 현장 출동. 언제나 그렇지만 그건, 사건이 심상치 않음을 암시하는 일이었다.

"선생님."

창하가 나가자 채린이 손을 흔들었다.

"강력사건입니까?"

"그렇네요."

"엄청난 모양이군요?"

"그것도 그렇네요. 경기도 쪽이에요. 제가 앞서갈 테니 뒤따라 오세요."

채린이 운전석에 앉았다. 말은 차분하지만 잔뜩 긴장한 채린……

차는 빠르게 서울을 빠져나갔다. 혹시나 싶어 뉴스를 검색해 보았다. 특별한 사건은 없었다. 하긴 뉴스에 나오지 않는 사건이 더 무서웠다. 지나치게 잔혹할 수 있는 것이다.

'산?'

채린을 따라가던 창하가 산길을 보았다. 채린의 차는 그 안으로 한참을 들어갔다. 차가 멈춘 곳은 작은 도랑 앞에 만든 임시 주차장이었다.

"……!"

분위기를 보고 사안의 심각함을 절감했다. 경찰 감식반 차량이 두 대에 순찰차와 형사기동대 차량까지 도합 십여 대가 엉겨 있었다. 산속에 출동한 10여 대 차량의 경찰 병력들. 수십 명이 묻힌 시신 더미라도 나온 걸까?

"팀장님."

먼저 와 있던 배 경위와 은 경사가 채린을 맞았다.

"가시죠."

형사들의 경례를 받으며 채린이 앞섰다. 언덕 위에 솟대 가득한 움막 한 채가 보였다. 자가용 진입은 엄두도 나지 않는 곳. 소위 속세를 등진 자연인 풍의 집이었다.

마당에도 형사들이 여럿이다. 주변을 조사하던 감식 팀이 채린과 창하를 보고 동작을 멈췄다.

"국과수 이창하 선생님이십니다."

채린이 말하니 감식 팀이 인사를 한다. 창하 역시 꾸벅 답례를 하고 작은 마루에 올라섰다. 방문은 활짝 열려 있었다.

"……!"

시선부터 들여놓던 창하가 제자리에 멈췄다. 방 안의 공기부터 괴기했다. 이런 느낌은 언제나 좋지 않다. 아니나 다를까. 작은 쪽문에 목을 매고 늘어진 시신이 보였다. 정말이지 괴기 만화의 한 장면을 보는 것만 같았다.

시신의 무릎은 바닥에 닿은 상태였다. 법의학적으로 보자면 불완전 의사다. 완전 의사가 되려면 몸이 공중에 떠 있어야 한다. 그러나 의사는 몸이 뜨건 뜨지 않건 상관이 없다. 경우에 따라서는 벽에 기대거나 앉은 채, 혹은 누운 자세로도 발견되기 때문이다. 따라서 의사는 끈을 맨 높이가 2m이건 60㎝건 문제 삼지 않는다. 의사는 어떤 자세로든 목에 적절한 압박이 가해지면 성립되는 까닭이었다.

창하가 놀란 건 의사의 형태가 아니었다. 그가 덮어쓴 괴이한 가발… 첫눈에도 살이 떨리는 그 가발은…….

'윽!'

가발이 아니었다.

사람의 두피를 벗겨낸 것이다.

말도 안 돼.

피가 오싹하게 굳어버린다.

생전에는 눈 시리게 찰랑거렸을 단발머리… 거기에 초승달처럼 수려한 눈썹까지 선명한 두피… 그걸 자신의 일부인 양 머리에 덮어쓰고 죽은 시신. 게다가 그 앞에 놓인 보자기 위에 펼쳐진 건…….

'안구와 유두, 금반지를 낀 손가락, 그리고 여성의 상징?'

물체를 확인한 창하가 휘청 흔들렸다.

미친.

누가 대체 이런 만행을?

*　　　*　　　*

"……!"

채린을 돌아보는 창하의 눈동자가 지향을 잃었다. 토막 살인 앞에서도 미동조차 없던 창하였다. 그러나 검시관도 인간, 인간의 존엄을 짓밟은 행위 앞에서는 전율하는 게 당연했다.

"……!"

채린의 표정도 창하를 닮았다. 자세히 보니 그녀의 어깨가 떨고 있다. 굳게 다문 입 또한 멋대로 경련한다. 천하의 채린도 별수가 없는 것이다. 그나마 은 경사는 많이 발전했다. 전에는 위장의 모든 것을 쏟아내더니 오늘은 아랫입술을 물고 참고 있다.

"시신의 허리춤에 두른 보자기에서 나온 겁니다."

두피에, 안구, 유방, 국부, 손가락.

채린이 출처를 알려주었다.

한 사람의 것이라면 여자다. 하지만 여러 사람의 것일 수도 있었다.

어쨌거나 저 남자는?

'우후!'

숨을 고르고 시신에게 다가섰다. 경악은 한 번으로 충분했다.

불완전 의사.

일단 자살 여부부터 살폈다. 누군가 엽기적인 범행을 저지르고 그걸 감추기 위해 꾸민 일일 수 있었다. 예상은 가볍게 빗나갔다. 정맥 혈류가 막히면서 얼굴에 울혈이 나온 것이다. 비전형적 의사의 경우에는 동맥 혈류의 차단이 불완전한 까닭이었다.

그러나 의흔은 둘이었으니 예전에 경험한 부검처럼 두 번의 시도 끝에 죽었다. 그건 사망자의 주변에서 발견된 끈이 증명이었다. 거기서 사망자의 세포 조각 등이 나온다면 의심할 여지도 없다.

[의사]

잠정 결론을 내리고 장갑을 꼈다. 그런 다음에 머리의 두피를 들어냈다. 그러자 시신의 원래 머리가 고스란히 드러났다. 분리된 두피를 체크한다. 흠 한 점 없이 도려냈다. 칼 솜씨는 전문가급이었다. 아니면 혼을 다한 정성이든지.

'여자 옷……'

이제 보니 걸친 상의도 남자 옷은 아니었다. 감귤빛 선명한 여성 카디건. 그러나 옷은 유니섹스가 많으므로 예단하지 않았다.

두피를 채린에게 넘기고 손을 본다. 시신도 반지를 끼었다.

커플링.

그 단어가 창하 피를 한 번 더 서늘하게 만들었다.

주변을 돌아본다. 바닥에는 세 개의 담배꽁초가 있었다. 어울리지 않게, 와인을 따른 물잔도 두 개 보였다. 한 잔은 완전히 비워졌고, 한 잔은 그대로 남았다. 경찰 감식반의 소견에 따르면 와인이 채워진 잔에는 타액의 흔적은커녕 지문조차 찍히지 않았다. 누군가 그 자리에 있던 건 아니라는 뜻이었다.

'열흘 정도……'

두피와 안구, 국부 등을 체크하니 훼손당한 시신은 약 열흘 정도 경과했다. 반면 목을 매단 시신은 일주일 안팎으로 보였다.

'사망 시간은 이틀에서 삼 일 정도의 시차……'

시신은 보통 하루, 이틀 정도 지나면 오른쪽 하복부 쪽에 녹색이 비친다. 여기부터 녹색이 되는 건 맹장이 여기에 위치하기 때문이다. 맹장에 균이 많으니 세균 증식이 왕성해지면서 가스를 발생하는 것이다. 이 변색은 차차 상복부나 가슴 쪽으로 번진다. 이 원리는 황화수소로 인한다.

"훼손된 시신은 찾았습니까?"

창하가 채린에게 물었다. 채린이 고개를 저었다.

"혈흔 같은 건요?"

채린의 고개가 한 번 더 같은 동작을 취했다. 집 부근 수색은 끝났다. 그럼에도 혈흔이 나오지 않았다면 다른 장소에서 피살되었을 가능성이 있었다. 주변은 사면이 산이다. 처음부터 난감한 상황으로 출발하는 것이다.

"시신은 자살입니다. 목에 다른 흔적이 있는 건 첫 시도가 실패했기 때문이고… 희생된 시신은 한 사람의 것으로 보이는데 21~22살 정도로 판단되네요. 여러 정황으로 보아 시신에게는 특별한 사람이 아니었을까 싶고……"

"와인 때문이군요?"

채린이 물었다.

"반지도 그렇지만 이런 산에서 어울리지 않는 풍경이죠. 자기 것은 비웠고 망자의 것은 그대로… 훼손된 신체의 일부는 아마도… 소유욕에서 비롯된 무술적인 행위가 아닐까 싶습니다. 기타 소견은 부검을 해봐야……"

"산속만 아니라면 집요한 스토커 내지는 짝사랑 인간의 만행이라고도 보겠는데 산중에 혼자 사는 사람이… 신원 조회해보니 시인이자 대학교수였는데 3년 전에 서울 생활 정리하고 여기로 내려왔다더군요."

'시인……'

그 타이틀이 슬펐다. 하지만 망자의 사연에 대해서는 소설을 쓰면 안 되는 법. 시신과 현장 증거물 등을 국과수로 옮겨 달라는 요청을 놓고 현장을 나왔다.

"와주셔서 고맙습니다."

채린이 따라 나와 인사를 했다.

"아뇨. 우리 일이기도 한 걸요. 바쁠 텐데 일 보세요."

"그럼 현장 좀 더 뒤져보고 국과수로 가겠습니다."

채린이 답했다.

차량을 향해 내려가는 길, 타다 만 채 들풀에서 살랑거리는 종이를 보았다. 일본 만화의 한 장면이었다. 시인이 불쏘시개로 쓰던 게 날아온 걸까?

임시 주차장 부근에서 경찰 병력을 만났다. 무려 3개 중대였다. 산 아래서부터 시신 발굴에 돌입하는 것이다.

'수색견이 와야 할 텐데……'

언제나 그렇지만 이런 식의 수색은 큰 효과가 없다. 그러나 생략할 수도 없는 일. 타다 만 만화의 한쪽을 대시보드 위에 올려놓고 시동을 걸었다.

"우워어."

부검실 안의 원빈이 몸서리를 쳤다. 시인의 것이 아니고 훼손된 조각 쪽이었다.

"정신병자의 소행 아닐까요?"

광배도 치를 떤다.

"일단 훼손된 시신 조각의 DNA 분석부터 맡겨주세요. 동일인인지부터 확인해야겠네요."

창하의 지시가 떨어졌다.

"동일인 것 맞답니다."

결과는 오래지 않아 나왔다. 다른 개가도 있었다. 훼손된 시신에서 시인의 DNA도 함께 나온 것. 이로써 시인이 시신을 훼손한 거라는 건 증명이 되었다.

도구는 칼이었다. 시인과 칼. 도무지 어울리지 않는 조합이지만 그런 건 선입견에 불과했다. 해부학 의사가 아니면서도 그 이상으로 해부 살인을 하는 살인마도 많은 세상이었다.

시인의 부검은 의사로 밝혀졌다. 삭흔이 명쾌했고 체중이 걸리는 순간에 이동한 끈으로 인한 표피박탈의 방향도 살인의 의심을 지웠다. 특이하게도 고막파열의 소견이 보였는데 이는 주변에 혈류가 몰리는 것으로 드물게 보이는 양상이었다. 그 밖에 다른 독극물이나 정황은 나오지 않았다.

하지만 훼손된 시신에서는 약물이 나왔다. 민간에서 쓰는 수면 작용 약초 성분이었다.

훼손된 시신에게 수면 성분을 먹였다.

사건의 퍼즐 하나가 새로 나왔다.

현장에 있던 와인은 머루주로 분석되었다. 그 안에서는 독극물이나 마취제, 약초 성분이 나오지 않았다.

부검이 끝나갈 때 피경철이 들어왔다. 워낙 기괴한 사체가 왔다니 들른 것이다. 검시관들에게는 다양한 사례가 공부가 되는 까닭이었다.

"허얼."

피경철도 고개를 저었다. 두피와 안구, 유두와 국부, 손가락 등을 보고 놀라지 않을 사람이 어디 있을까?

"뭐야? 이런 걸 쓰고 죽다니… 다음 생에 여자로 태어나려는 주술이라도 되는 건가? 아니면… 커플 반지를 꼈다니 여자에 대한 영원한 소유 의식(儀式)?"

"예?"

피경철의 중얼거림에 창하가 빨려들었다.

"그냥 나 혼자 해보는 말일세. 언젠가 읽은 소설에 그런 게 있는 거 같아서."

"소유욕입니까?"

"향수인가? 그런 책에도 나오지 않나? 여자를 죽여서 그 여자의 냄새를 향으로 고스란히 가두는 것. 소시오패스적인 생각이지만……."

"에이, 선생님도… 이미 여자를 납치하거나 확보했는데 그렇게 죽일 필요가 있습니까? 산속의 외딴집이니 강제로 가둬놓으면 되지……."

원빈의 의견은 달랐다.

"사람 생각이 다 같은가? 범인이 정신병이나 피해망상증일 수도 있고 혹은 이상한 종교적 신념에 홀린 작자일 수도… 아무튼 어이가 없네. 허얼."

피경철은 치를 떨며 부검실을 나갔다.

두 시신의 신변 조사는 빠르게 진척되었다. 의사자는 모 지방대학의 교수였다. 놀랍게도 여자 역시 그 대학의 학생으로 나왔다. 시인은 3년 전에 사직을 했고 여학생은 현재 3학년에 재학 중이었다.

교수와 여학생.

남모르는 관계가 있는 것일까?

경찰은 두 사람의 관계를 캐기 시작했다. 관계가 있기는 했다. 여학생이 신입생 첫 학기에 교수의 미학 원론 강의를 들었다. 그러나 둘이 특별한 관계가 있다는 건 발견되지 않았다. 시인의 교수실로 연결되는 CCTV가 있었지만 3년 전의 분량이 남아 있을 리 없었다.

교수의 사직은 느닷없었다. 동료 교수의 말로는 원래 편집증적인 성격이 좀 보였다고 했다. 하지만 그의 사직서에 적시된 이유는 삶에 지쳤다는 것이었다.

편집증.

기록은 병원에 있었다. 편집증으로 인한 심리치료를 그해

여름방학 동안 받았다. 기록상으로는 그렇게 심각하지 않았다. 사표는 개강 직전에 낸 시인이었다.

시인은 핸드폰도 없었다. 컴퓨터는 더욱. 산으로 들어온 사람이니 그런 게 필요치 않은 것이다. 여학생의 핸드폰은 장터 쪽 기지국을 마지막으로 기록이 끝났다.

[할머니, 나 장터 도착. 이제부터 장보기 미션 돌입함]

경찰이 확인한 마지막 문자였다. 할머니가 자연산 산나물을 부탁했던 것.

수천의 수색 병력에 수색견까지 합류시킨 경찰, 수색은 결국 허탕을 쳤다. 수색견이 발견한 건 병사한 멧돼지 한 마리가 전부였다.

"웬 만화예요?"

퇴근길, 창하 차에 탄 원빈이 대시보드 위의 만화 쪼가리를 보며 물었다. 그의 차 엔진에 이상이 생겨 수리를 맡긴 날이었다.

"아, 현장에서 내려오다가 주운 거예요."

"이거 일본 웹툰이 원작인 만화인데?"

"아세요?"

"그럼요. 제가 만화하고 웹툰 마니아잖아요. 오토키 히즈로

이 사람, 근대를 배경으로 엽기와 서정을 버무리는 웹툰으로 유명해요. 제 취향은 좀 아니지만……."

"불에 타다 만 걸 보니 불쏘시개로 쓴 것 같아요."

"이거 무슨 내용인지 제가 한번 찾아볼까요? 혹시 사건과 연관이 있는지……."

"피곤할 텐데 그냥 쉬세요. 혈흔이 묻은 것도 아니고……."

"알겠습니다. 선생님."

원빈은 지하철역 앞에서 내렸다. 네거리를 지나 집으로 향할 때 채린의 전화가 들어왔다.

―선생님, 저 국과수 왔는데 퇴근하셨네요?

"아, 네. 방금… 다시 돌아갈까요?"

―시간 좀 되세요?

"팀장님이 내라면 내야죠."

―저 진담인데요?

"저도 진담입니다."

―그럼 산중의 현장에서 좀 뵐 수 있겠어요?

"가죠."

대답과 함께 방향을 틀었다.

"시신을 어디다 유기했을까요? 난감하네요."

산 중턱의 임시 주차장 앞에서 채린이 물었다. 두 사람의 신원은 밝혀졌다. 시인이 여학생을 죽인 것도 기정사실이었다. 그러나 여학생의 시신이 나오지 않았다. 엽기적인 살인 수법과 이유 또한 밝혀진 게 없었다. 속세를 등진 산중의 시인. 그가 죽인 여학생. 그 시신은 어디에 있는 걸까? 시인은 왜 살인을 저질렀고, 왜 시신의 일부를 뒤집어쓰고 자살을 시도한 걸까?

"집 주변에서는 나온 거 없습니까?"

"여기 공기처럼 미치도록 깨끗해요."

"일단 현장을 다시 보죠."

창하가 집으로 향해 걸었다. 집 앞에는 두 명의 의경이 폴리스 라인을 지키고 있었다. 해는 서산으로 기운다. 이제 곧 어둠이 내릴 산중이었다. 어스름이 지니 마당의 솟대들까지 음산해 보인다. 얼핏 봐도 100개가 넘어 보이는 솟대. 도구와 재료를 보면 시인이 만든 것이다. 시신의 일부를 도려낸 칼 솜씨의 기원이었다.

탐색은 마당부터였다. 집과 야외 아궁이, 간이수도 시설, 개집 등을 바라본다. 반대편에는 작은 돌탑이 석양을 받고 있다. 사람 키 높이였는데 하나는 조금 더 높고 하나는 낮았다.

"주변 돌을 모아 쌓았나 봐요. 솟대와 돌탑… 괴이한 살인 수법하고 어울리지 않죠?"

채린이 돌탑으로 다가섰다.

순간 창하의 핸드폰이 요란하게 울렸다.

띠롱디롱동!

—선생님.

원빈이었다.

—지금 어디세요?

"오다가 차 팀장님 호출받아서 산중 사건 현장에 잠깐 들렀어요. 왜요?"

—아까 그 만화 말입니다. 제가 찾아봤는데······.

"만화요?"

—이게 좀 심상치 않네요? 제가 몇 쪽 캡처해서 보낼 테니한번 보세요.

"······?"

띵롱!

바로 카톡이 들어왔다. 하지 말랬더니 그새 수고를 한 원빈. 미안한 마음에 내용을 짚어가던 창하의 눈이 얼어붙고 말았다.

'이것······?'

척추까지 우르르 떨린다. 창하가 주운 일본 만화 쪼가리. 그 안에 엄청난 암시가 들어 있었다.

시선은 돌탑 쪽이다. 60㎝ 정도의 바닥 넓이로 시작된 돌탑. 이제 보니 높은 쪽 돌탑의 높이가 시인의 신장과 같았다.

"여학생 키가 얼만지 나왔나요?"

"161㎝요."

창하가 물으니 채린이 답한다. 대학교 신체검사 기록에서 가져온 자료였다.

숫대 도구 중에서 줄자를 골라 재보니 창하 피가 뜨끈해진다. 작은 쪽 돌탑의 높이는 기막히게도 161㎝였다.

줄자를 던진 창하, 그대로 돌탑을 밀어버렸다.

와르르!

*　　　　*　　　　*

"선생님."

놀란 채린이 달려왔다. 창하는 남은 무더기를 밀었다. 돌탑들은 단숨에 무너졌다. 그러자 바닥의 돌이 드러났다. 특별할 것도 없이 납작하고 넓은 돌이었다.

"선생님."

"끙차."

채린을 두고 납작한 받침돌을 뒤집는다. 그러자…….

"……!"

채린이 움찔 흔들렸다. 창하는 또 하나의 받침돌마저 뒤집어놓았다.

"……!"

채린은 두 번 놀란다. 바닥 돌에 조각이 있었다. 창하가 풀잎으로 흙을 쓸어냈다. 그러자 조각의 모습이 고스란히 드러났다.

"……!"

채린은 결국 세 번 놀라고 말았다. 바닥 돌에 새겨진 건 시인과 여학생의 얼굴이었다. 다소 서투르지만 또렷한 단발머리로 인해 단숨에 알 수 있었다.

"선생님."

"아궁이와 화로도 검사했나요?"

창하가 물었다.

"그럼요. 혹시라도 시신을 태웠을까 봐… 하지만 혈흔이나 유골의 흔적 같은 건 없었습니다."

"하지만……."

만화를 본 창하가 주변을 돌아보았다. 저만치 헌 개집 옆에 절반을 잘라낸 드럼통이 보였다. 경찰들이 확인을 위해 옆으로 누여놓았다. 안에 든 물은 다 쏟아진 상태였다.

"원래는 빗물이 가득 들어 있었어요. 혹시 몰라 물을 빼봤는데 아무것도 없었고요."

"이대로 정밀검사 요청하세요."

"선생님."

"그리고 이 산의 상세 안내도 같은 것 좀 구할 수 있을까요?"

"그런 건 없습니다. 워낙 유명한 산이 아니다 보니……."

"그럼 내려가서 이 동네 토박이를 찾아야겠군요. 근처에 이것과 유사한 나무가 있는지……."

창하가 만화의 한 장면을 내밀었다. 두 나무가 하나처럼 붙은 그림이었다.

"선생님."

"보세요."

아예 핸드폰을 건네주는 창하. 그걸 받아 든 채린, 화면을 읽는 사이에 온몸에 전율이 퍼지고 말았다.

일본 만화였다.

배경은 1930년대 후반이었다. 작은 도시에 살인사건이 일어났다. 누군가 열여덟 소녀를 죽인 것이다. 도시가 발칵 뒤집혔다. 살인 수법 때문이었다. 시신은 알몸, 게다가 주요 부위가 훼손되어 있었다. 두피를 벗기고 눈알을 꺼내고, 유두와 음부를 잘라냈다. 참혹한 살인에 비해 시신은 꽃잎 위에 얌전히 놓였다. 하필 붉은 철쭉 사스키다. 혈흔과 뒤섞인 풍경은 사람들을 기절초풍 속으로 몰아넣고 말았다. 희생자는 고명한 노학자의 손녀였다.

범인은 누구일까?

경찰은 학자의 제자 하나를 용의선상에 올렸다. 50대 중반의 늙은 제자. 이미 반년 전, 여자의 목욕 장면을 훔쳐보다 들킨 적이 있었다. 벌써 두 번째가 되고 보니 학자가 파문의 중징계를 내렸다.

그의 행방은 묘연했다. 혼자 사는 사람이니 어디로 홀연히 사라졌나 싶었다. 하지만 사건 발생 한 달 후쯤 목격자가 나왔다.

"얼마 전에 산 중턱의 바위 굴 신당에서 본 것 같아요."

숯을 구워 파는 사람이었다.

경찰이 출동했다. 제자는 신당에 없었다. 하지만 분위기가 이상했다. 그 입구에 세운 두 개의 돌탑. 머릿돌에서 서로 다른 조각이 나왔다. 여자와 제자의 얼굴이었다. 그의 시신은 근처의 바위 절벽 위에 있었다. 죽은 지 한 달 가까이 지났다. 거기 부적과 함께 태우던 잿더미가 있었다. 사라진 여자의 옷과 두피 등의 인체 일부들이었다.

제자는 노총각이었다. 젊을 때 좋아하던 여자가 있었다. 잡지 못했다. 전쟁이 한창인 때였다. 간호대를 나온 여자는 전선의 야전병원으로 배속이 되었다.

"나 데리고 도망가."

제자와 헤어지기 싫었던 간호사가 애원을 했다. 제자는 그럴 용기가 없었다. 간호사는 전선에 배속된 지 나흘 만에 시체가 되었다. 전쟁의 와중에 포격을 맞은 것이다.

슬픔을 이기기 위해 학문에 정진했다. 덕분에 스승의 일가에서는 제법 꼽히는 실력자가 되었다. 그때 고베의 이모 집에서 공부하던 스승의 딸이 돌아왔다. 찰랑거리는 단발에 샘물을 닮은 미소.

두근!

첫눈에 반해 버렸다.

웃는 모습이 첫사랑 간호사와 똑같았던 것.

총각이라지만 50을 넘은 나이. 열여덟 스승의 딸에게 범접할 수 없었다. 머리가 돌 지경이었다. 병원을 다니며 치료 약을 먹지만 호전되지 않았다. 아니, 오히려 편집증으로 발전해 버렸다. 급기야 소녀를 훔쳐보다 파문을 당했다.

그러는 사이, 고관대작의 집안에서 스승의 딸에게 청혼을 넣었다. 그 집 아들이 장교로 임관되는 날 결혼을 한다는 말이 돌았다.

'그 여자는 내 거야.'

범행은 그렇게 이루어졌다. 소녀가 화과자를 사서 돌아가던 날, 스승에게 전할 편지가 있다는 말로 꼬여 한적한 곳으로 몰았다. 붉은 철쭉이 흐드러진 야산이었다.

그녀의 목숨을 상징할 수 있는 것들을 취했다. 그길로 자신이 머물던 신당으로 가 의식을 갖추었다. 지난해에 나온 가장 좋은 정종을 두 잔 떠놓고, 그녀의 옷을 입고, 그녀의 상징들을 불태웠다. 그 가루를 연리지 형태의 나무에 뿌렸다. 그렇게 돌아와서는 독극물로 세상을 마감했다. 그로서는, 마감이 아니라 죽은 여자와의 혼인이었다. 그녀의 옷을 두르고 그녀의 두피를 걸친 건 여자와 혼연일체가 된다는 섬뜩한 에피소드였다.

"그럼?"

채린이 창하를 돌아본다. 두 나무가 나란히 선 커트. 만화의 내용을 참작하자면 시인도 이런 곳에서 뭔가를 했을 것 같았다.

똑같지는 않다. 만화와 달리 여학생 시신의 일부가 자살 현장에 있다. 사라진 건 시신뿐이다. 그렇다면 그 시신을 나무 밑에 묻거나 유해를 뿌렸을 수 있었다.

"어때요?"

"젠장. 야, 배 경위."

채린의 전화기에 불이 나기 시작했다.

여학생의 시신은 결국 발견되었다. 만화 속 연리지를 닮은 나무였다. 그 아래를 파니 작은 항아리가 나왔다.

"꺼내보시죠."

창하가 말했다. 경찰들이 항아리를 열었다. 여학생의 유골과 유해였다.

유해 발견과 사태 파악에 일조한 건 마을 이장이 아니라 나물 뜯는 할머니였다. 최근에는 강원도 친척 집에 가서 일주일 넘게 버섯을 따고 왔다고 했다. 이장들을 주로 체크한 경찰의 허점이 또다시 드러나는 순간이었다.

할머니는 시인을 몇 번 만났다. 점잖은 노총각이니 안됐다는 생각에 산행 길에 반찬을 두어 번 가져다주었다. 만화 속 연리지와 유사한 고목을 알려준 이도 할머니였다.

"우리 교수님이 죽었어?"

할머니의 첫마디였다. 연리지까지 그녀가 앞서 걸었다. 빠르지는 않아도 터덜터덜 잘도 갔다. 다른 암시도 할머니에게서 나왔다.

"아이고, 나도 헛살았네. 강원도 가기 이틀 전에 봤을 때 곧 결혼할 거 같다고 하더니 이런 험한 짓을… 그런데도 내 눈에는 착한 사람으로 보였으니……."

할머니가 몸서리를 쳤다.

"다른 말은 없었습니까?"

채린이 물었다.

"다른 말?"

"아무거라도 괜찮습니다."

"그때가 아마 장날 다음 날이었지. 장에서 술을 한잔했는지 얼굴도 잔뜩 달아 있고… 아주 다른 사람처럼 보이더라고."

"장날요?"

"그래. 내가 강원도 가기 전에 선 장날……."

장날.

여학생은 장날 실종이 되었다. 그제야 퍼즐 들어맞는 소리가 들렸다.

"혹시 마당 생각나세요? 뭔가 변한 거 없었나요?"

창하가 물었다.

"마당?"

"네."

"평상이 없었어."

'평상?'

"그 양반이 그 자리 좋아하거든. 그런데 부숴서 불을 땠다고 하더라고. 이제 필요 없다고 하면서……"

"혹시 불을 땐 게 저 드럼통 아니었나요?"

창하가 반쪽짜리 드럼통을 가리켰다.

"맞아. 뭘 삶았는지 시커멓게 그을렸더라고. 그래서 내가 개라도 잡았냐고 물어봤지."

평상과 드럼통, 그리고 시커먼 그을음.

남은 자리의 퍼즐들이 철커덕철커덕 채워져 갔다.

오일장에 간 시인, 기막히게도 여학생을 만난 것이다. 그건 오일장터에서 확인을 했다. 산중에 살지만 지식인의 냄새가 풍기는 시인과 서울에서 온 여학생. 양푼 냉면을 파는 아줌마가 기억하고 있었다.

운명.

비껴가야 할 운명이 거기서 충돌한 것이다.

시인이 학교를 그만둔 건 여학생 때문이었다. 그녀를 처음 본 3월, 교수는 계단을 헛디뎌 굴러 버리고 말았다. 그녀가 손을 내밀어 교수를 부축해 주었다. 그 기억은 정말이지 판타지에서 걸어 나온 천국의 여자를 보는 느낌이었다.

이상형.

그것도 인생 이상형.

처음 본 순간 눈이 멀어버렸다. 그러나 그녀는 어린 학생이었고 그는 대학교수였다. 생각지도 말아야 할 조합이었다.

얼마 전에는 한 교수의 성추행성 발언과 교직원의 몰카로 발칵 뒤집혔던 학교. 늙은 주제에 사랑이라는 말은 입에 담을 수도 없었다.

집착은 병이 되었다. 여학생의 전공을 알아내 먼발치서 지켜보기를 수십 번. 방학 동안 심리치료까지 받았지만 제어할 수 없었다.

아서라.

대학교수라는 명예가 방패가 되었다. 학교를 떠났다. 계속 그녀를 보다가는 사고를 칠 것 같았다. 어차피 혼자 사는 몸. 산중으로 들어와 숫대를 깎으며 수양을 했다. 그는 사실 손재주가 좋았다.

하루에 하루가 쌓이니 외로움도 견딜 만했다. 그렇게 3년이 지나자 이제는 마음이 편해졌다. 그녀는 시인의 마음에서 한 켜, 한 켜 지워져 갔다.

하지만!

그건 완벽한 착각이었다. 어느 장날이었다. 불현듯 바람이나 쐴까 싶어 내려온 오일장. 시장 입구에 서광이 비치는 것 같았다. 거짓말처럼 그녀가 등장한 것이다. 그녀는 할머니의 심부름을 왔었다. 둘은 그렇게 만나 버렸다.

"교수님."

시인을 기억하는 여학생. 이런 데서 만났으니 경계심은 없었다. 그렇잖아도 교수가 사직하고 자연인이 되었다는 말까지 들었던 차였다.

"우와, 자연인… 저 교수님 집 한번 보고 싶어요."

자연인이 되어야 했던 시인의 속마음을 알 리 없는 여학생. 그렇게 운명 속으로 빨려들고 말았다.

"방송에서 본 자연인하고 똑같아요. 어쩜……."

집을 구경하는 동안 여학생은 좋아 어쩔 줄을 몰랐다. 시인의 가슴이 멋대로 뛰었다.
이대로 너와 같이 살 수 있다면…….
아니, 단 하룻밤이라도 함께 보낼 수만 있다면…….
몹쓸 마음이 머리를 지배하니 약차에 약을 섞었다. 마당의 평상이었다. 구급용으로 모아둔 천연 수면제 약초 가루였다.

약차를 내주는 손이 사시나무처럼 떨렸다. 차가 한 모금, 두 모금 비어갈 때는 피가 말랐다. 차를 마신 여학생이 졸기 시작했다. 더 참지 못하고 덮치고 말았다.

그러나 자연 수면제는 그리 강하지 않았다. 여학생이 잠에서 깨고 만 것이다.

"악!"

여학생이 비명을 질렀다.

퍽!

당황한 시인이 뭔가를 휘둘렀다. 목침으로 쓰던 나무토막이었다. 여학생은 다시 일어나지 못했다. 순간의 감정을 이기지 못하고 초대형 사고를 친 시인. 여학생이 깨어나는 게 두려웠다. 그 황망함 속에서 고민할 때 여학생의 가방이 보였다. 살짝 열린 가방에서 삐져나온 일본 만화. 바로 창하가 주운 한 쪽이 실렸던 만화였다.

편집증이 제대로 살아난 시인. 만화에 몰입되어 갔다. 여학생과 영원히 사랑하는 것. 어차피 이 땅에서는 틀린 사랑. 그렇다면 이대로 다음 세상으로?

만화 속 의식은 그렇게 시작되었다. 산을 내려와 반지를 구했다. 혼약을 하려면 반지가 있어야지. 시인은 이제 악마와 다르지 않았다. 솟대 조각으로 단련된 칼 솜씨로 그녀의 상징을 취한 시인, 반지 끼운 손가락을 잘라냈다. 나아가 유해조차도 다른 사람에게 뺏기지 않을 궁리를 했다.

거름을 넣어두던 절반짜리 드럼통을 아궁이 위에 걸었다. 거기 시신을 담았다. 불은 평상을 뽀개서 땠다. 만화는 불쏘시개로 딱이었다. 비밀의 힌트가 될 수도 있으니 당연히 태워야 했다.

평상에 남은 여학생의 혈흔은 연기로 사라졌다. 바로 그때 찢어둔 만화의 한쪽이 바람에 날아간 것이다.

고이 빻은 유해는 나무 아래 묻었다. 그런 다음 집으로 내려와 여학생의 뒤를 따랐다. 와인 대신 머루주를 따라 축하의 건배까지 마치고.

쨍.

잔을 울리는 울림이 가시기 전, 그녀를 안듯 두피를 쓰고 상징물들을 넣은 보자기를 허리에 둘렀다. 그런 다음에 올가미를 작동시킨 시인이었다.

죽어서는 하나가 되리라.

덜컥!

처음은 실패였다. 그 줄을 버리고 새로운 올가미를 걸었다.

덜컥!

두 번은 실수가 없었다.

드럼통에서 유해의 일부가 나오고 항아리 속의 유골은 여학생의 것으로 판명이 되었다.

애꿎은 여학생을 죽이고 제멋대로 의미를 붙이던 늙은 야
수.

'후우.'

한숨만 나온다. 오늘만은 정말이지 부검 명의가 아니라 신
이 되고 싶었다. 그래서 아직 남은 여학생의 두피와 신체 일부
로 원형을 복원해 저 악마에게 희생된 시간을 되돌려 주고 싶
었다.

할 수만 있다면.

제7장
—
치아노제의 비밀

"응?"

국과수 복도, 부검 배정표를 보던 피경철이 고개를 들었다. 그의 손이 한 이름을 짚는다.

"여기 아기가 또 왔네?"

"영아 보호소요?"

옆에 있던 창하가 물었다.

"그래. 또 영아급사증후군인가?"

"지난번에 선생님이 부검하셨나요?"

"소 선생이 방송 촬영으로 바쁘다고 해서 바꿔줬지. 소 선생에게 배정된 부검이 아주 처참한 상태라서 말이야."

피경철이 턱을 쓰다듬는다. 처참한 시신은 당연히, 부검이 오래 걸린다.

"올해 들어서만 벌써 세 번째야."

'세 번?'

창하 미간이 살포시 좁혀졌다.

주검에는 여러 가지가 있다. 그중에는 정말 어처구니없는 죽음도 있었으니 그 이름이 돌연사였다. 특정한 질환으로 한 대만 잘못 맞아도 죽는 사람이 있다. 영아돌연사도 그런 범주에 속했다. 생후 3~4개월, 탈 없이 자라던 아기들이 돌연 숨을 멈추는 것이다.

목숨의 급브레이크.

이런 경우에는 의사도 부검의도 대책이 없다. 죽음의 종류에는 아직, 인간의 힘으로 밝힐 수 없는 원인이 너무 많았다.

"보호소 시설 환경이 좋지 않나요?"

"그건 아니고… 내 생각에는 근처에 있는 미군부대가 문제가 아닐까 싶기도 해."

"살충제나 제초제 같은 것 말씀입니까?"

창하가 물었다. 미군부대에는 골프장이 딸렸다. 관리를 위해 정기적으로 살충제와 제초제를 살포하기도 한다. 살충제의 대표 선수는 다이아지논이 꼽힌다. 이런 유기인산화합물은 어린 영아들에게 문제가 될 수도 있었다. 제초제를 이루는 글라신과 글라이포세이트 액체도 마찬가지였다.

"독성물질 관련 검사를 하지 않은 건가요?"

"내가 맡은 건 급성폐렴이었네. 작은 가슴을 여니 폐의 상태가 그렇더군. 참관자로 온 보호소 소장님이 그만하면 좋겠다고 울먹이는 바람에 머리 여는 것도 생략하고 끝냈네. 다른 타살 소견은 없었거든."

"보호소면 대개 부모가 없는 아이들이죠?"

"상당수는 버려졌거나 부모들 사정이 어려워 일시로 맡겨진 아이들이지. 내가 부검한 아이의 경우는 부모가 버린 아이였어."

"선생님의 마음을 담아서 차분하게 살펴보겠습니다. 천사를 다루듯."

"그러시게. 우리 에이스가 맡는다니 나도 기대가 되네. 두 번까지는 몰랐지만 세 번은 너무 심하지? 다른 곳의 영아 보호소는 일 년에 한두 건이 전부인데… 어쩌면 보호 시스템의 문제거나 우리가 모르는 다른 오염이나 감염이 있을지도……."

피경철의 눈은 배정표에서 떨어지지 않았다.

방으로 돌아오니 신문이 보였다. 어느새 선거철이다. 정병권 전 총리는 이제 여당의 전당대회에서 세를 몰아가고 있었다. 세 명이 대항마로 나왔지만 격차가 컸다. 옆에는 야당 주자들과의 여론조사가 보였다. 정병권은 46%의 지지대로 철옹성을 쌓고 있었다.

"선생님."

잠시 후에 원빈이 들어섰다.

"시신이 왔나요?"

"예, 나가시죠. 대기실에 담당 경찰과 보호소 소장님이 와 있습니다."

"그래요."

창하가 일어섰다.

"으허엉."

창하가 들어서자 소장은 울음보부터 터뜨렸다. 특별할 것도 없는 50대 중반의 중년 여자였다.

"그만하세요. 검시관 선생님 왔으니 설명부터 드려야죠."

경찰이 달래자 겨우 울음을 멈추는 소장.

"죄송해요. 저희가 부족한 탓에 새처럼 아름다운 생명을……."

소장이 굽신 허리를 숙였다. 부모 이상으로 마음 아파하는 모습을 보니 창하도 착잡했다. 창하는 부검의. 시인이 죽인 여학생도 그렇지만 저문 생명을 되돌릴 수는 없는 것이다.

"진정하시고 설명을 부탁합니다. 제가 들으니 올해만 세 번째라던데 주변 환경이나 보호 기구의 오염 같은 것으로 인한 '사고'일 수도 있습니다. 그렇다면 원인을 제거해야죠."

"그래 주세요. 이번 부검이 유능한 선생님에게 배정이 되었다길래 저희도 그걸 기대하고 있습니다. 이럴 수는 없는 거예요. 그렇잖아도 가엾은 아기들을……."

대답하는 동안에도 눈물이 떨어지는 소장. 감성만 본다면
영아 보호가 천직인 여자였다.

그녀가 진정되자 진료기록부터 체크했다. 아기는 생후 8개
월이었다. 매트 위에서 놀다 뒤로 쓰러졌다. 처음에는 보모가
몰랐다. 그녀는 우유를 준비 중이었다.

"우유 먹자."

우유병을 흔들며 들어온 보모가 소스라쳤다. 뒤로 넘어간
아기는 숨을 쉬지 않았다. 입과 코 부위, 피부 일부가 파랗게
변하고 있었다. 치아노제 현상이었다.

"소장님!"

보모가 비명을 질렀다.

인공호흡을 하며 응급실로 달려갔다. X—ray를 찍었다. 아
이들은 뭔가를 쥐면 삼켜 버린다. 그게 기도를 막으면 이런
현상이 일어날 수 있었다. 하지만 기도는 뻥 뚫려 있었다. 목
으로 넘어간 이물 따위는 없었다.

아기는 다시 호흡을 되찾았다. 이제 괜찮아지나 싶었지만
그건 아니었다. 의료진이 원인을 찾는 사이에 또다시 경련을
일으킨 것이다.

"선생님, 우리 아이 살려주세요."

소장의 비명이 높아졌다. 소장은 사실 유명 인물이었다. 아기에게 희생적이고 아기가 조금만 아파도 아기보다 더 아파하는 사람으로 이름을 떨치고 있었다.

의료진은 항경련제를 주사하고 신경 검사와 척추천자를 실시했다. 뇌스캔에 이어 두개골 사진까지 찍었지만 원인은 나오지 않았다.

그사이에 아기의 상황은 조금씩 나아졌다. 아기 때는 장기기능이 불안전해 일시적인 문제가 생기기도 하는 법. 페노바르비탈을 맞고 퇴원을 했다.

응급 상황은 다음 날도 이어졌다. 소장이 출근해 아기의 상태를 확인했다. 혈색이 조금 창백하고 기운이 떨어지긴 했지만 아기는 잘 놀았다.

"신경 좀 쓰세요."

보모에게 당부를 남기고 나갔다. 보모 역시 심기일전, 아기를 안아주는 등 전력을 투구했다. 하지만 오래가지 않았다. 아기 물품을 수령하고 온 사이에 다시 호흡이 멈춘 것이다. 소장이 달려와 아기를 안고 뛰었다.

"의사 선생님."

비명이 응급실을 흔들었다. 의료진들이 몰려 나오고 아기 몸에 아드레날린이 들어갔다. 그렇게 의식을 잃은 지 이틀 만에 아기의 영혼이 육체에서 분리가 되었다.

"으아악, 안 돼, 안 돼."

소장의 통곡 소리가 병원을 흔들었다.
여기까지가 아기의 사망 히스토리였다.
"잠깐만요."
창하가 컴퓨터를 당겼다. 국과수의 부검 정보 데이터를 열었다. 이 영아 보호소에서 온 시신의 사인과 기록을 불러냈다.

—호흡정지.
—기관지폐렴.
—급성폐렴.
—발작과 경련, 얼굴과 피부 등의 치아노제.

몇 가지 공통점이 보였다. 아이들은 폐렴에 약하다. 생후 1살

미만이니 면역이나 환경 적응력이 떨어진다. 부모와의 교감이 멀어진 것도 약점이다. 결정적으로 근처에는 미군부대가 있었다. 그들은 골프장을 가지고 있었고 한국인이 모르는 무엇도 진행할 수가 있었다.

"환경 말입니다. 미군부대 쪽은 별문제가 없었나요? 바람이 불면 냄새가 난다든지……."

"미군부대 앞의 연못에서 물고기가 떼죽음을 당한 적은 있어요."

"언제요?"

창하가 반응을 했다. 그건 직접적인 원인이 될 수도 있었다.

"작년 늦봄요."

"그때 원인 검사를 했었나요? 시나 정부, 환경단체 같은 곳에서……."

"누가 제보했는지 환경단체에서 나오긴 했어요. 하지만 일시적인 현상이라고 끝낸 것 같아요."

"알겠습니다. 일단 모든 가능성을 열어놓고 부검을 해보죠. 돌연사에 의한 게 아니라면 다른 아이들을 위해서 밝혀내야죠. 그래서 위험한 요인이 있으면 영아 보호소를 이전해야 하고요."

"부탁합니다. 우리는 아무 힘도 없어요. 그저 저 가엾은 것들이 잘 자라기만 바랄 뿐."

소장은 다시 눈물범벅이다. 이렇게 투철하니 복지부 장관상 3회 수상에 대통령 표창까지 받았다. 그런 사명감으로 뭉친 사람이라니 창하도 어떻게든 도움이 되고 싶었다.

사락!

8개월 된 영아 몸을 덮고 있던 시트가 벗겨졌다.

"오전 10시 25분, 부검 시작합니다."

창하가 부검이 개시를 알렸다.

딸깍!

루틴이 실행되었다. 어둑한 부검실 안에서 어린 시신을 본다는 건 검시관에게도 마음 아픈 일이다. 차라리 저렇게 잠든 거라면, 잠시 후에 일어나 까르르 웃어준다면…….

부질없는 상상을 밀어내고 집중했다.

아가야.

많이 아팠지?

이제 편하게 가렴.

대신 네가 왜 죽었는지는 꼭 밝혀줄게.

딸깍!

창하의 다짐과 함께 다시 불이 들어왔다.

외표는 아무런 이상이 없었다. 학대의 징후도 상처의 흔적도 없었다. 코와 입안, 귀도 그랬다.

"웃차!"

뒤집는 건 광배가 도와주었다. 자기 아기를 안아 누이듯 포

근한 손길이다. 등까지는 모든 게 완벽했다.

"으허엉!"

창하가 메스를 꺼내 들자 소장이 주저앉았다.

"진정하세요."

경찰이 그녀를 부축해 세웠다. 창하는 오직 부검에만 집중했다. 보호자라면 누구나 그렇다. 조금 담대한 사람이라도 머리를 열면 쓰러진다.

메스가 길을 냈다. 독극물 혹은 감염증을 찾기 위해 혈액 샘플을 모았다. 소변검사도 함께 신청을 했다. 위장은 깨끗했다. 심장에 이어 간도.

하지만 폐는 달랐다. 좌우 폐가 공히 액체로 막혀 있는 것이다. 부종의 소견도 나왔다. 기관지폐렴이니 급성폐렴이니 하는 사망진단이 나올 수 있었다. 하지만 얽매이지 않았다. 폐렴은 많은 경우의 합병증으로도 올 수 있었다.

다른 기관들은 문제가 없었다. 비장과 신장, 췌장에 더해 흉선까지 모두 그랬다.

지잉!

전동톱이 돌자 소장이 다시 자지러진다. 광배 역시 흔들리지 않는다. 내공이 빛날 때가 이런 순간이었다.

"......!"

경막과 두개골 안쪽을 체크하던 창하의 시선이 살짝 흔들렸다.

'뇌사……'

잠시 숨을 고른다. 아기에게는 뇌사의 소견이 있었다. 여러 생각이 가지를 치기 시작한다. 뇌사라면 질식이 꼽힌다. 생후 8개월 아기라면 역시 뭔가를 삼켰을 수 있다. 예를 들면 X—ray에 잘 찍히지 않는 투명 비닐 같은 것이라면 병원의 검사에서 확인하지 못할 수 있었다.

메스가 목으로 내려갔다.

'윽.'

제대로 헛발이었다. 아기는 입안부터 기도까지 텅 비어 있었다.

「폐의 이상—폐부종—뇌사의 소견」

기도 폐색에 의한 호흡장애를 생각했지만 고이 내려놓았다.

"각종 검사 결과 좀 체크해 주시겠어요?"

원빈에게 지시를 내렸다.

치아노제.

이제 그걸 체크할 타임이었다. 하지만 그 또한 솔깃한 결과가 나오지 않았다. 결과표가 그걸 말해주었다.

「일산화탄소 불검출, 유기인산화합물 불검출, 기타 독성물질 불검출」

살충제로 많이 쓰이는 다이아지논조차도 나오지 않았다.

"혹시……."

이제 다른 가능성 쪽으로 돌았다. 호흡곤란의 한 원인일 수 있는 공기오염도 물 건너간 까닭이었다.

"보호소나 근처에 특별한 곤충이나 벌레 같은 건 출현하지 않나요?"

"아뇨. 그런 건……."

소장이 눈물을 훔치며 답했다.

그렇다면 의사의 진단대로 급성폐렴성의 질식사다. 하지만 창하는 쉽게 넘기지 않았다. 이 또한 방성욱의 경험치가 바탕이었다.

원인이 명쾌하지 않은 죽음.

만약 한 명이 죽는다면 돌연사가 맞다. 두 명이 죽는다면 원인을 깊이 따져볼 필요가 있다. 그러나 세 명이 연속된다면 명백한 살인이었다.

세균 감염은 없다.

독성물질의 중독도 없다.

환경적으로 공기의 오염도 문제없다.

그럼에도 영아돌연사라기엔 월령이 훌쩍 높은 편이었다.

"역시 폐렴인가요?"

소장이 조심스레 물어왔다.

"일단은 그런 것 같네요."

"아유, 역시 우리 잘못이에요. 애를 좀 더 성심껏 돌봤어야 하는데……."

"유 경사님."

소장을 두고 경찰을 불러냈다.

"문제가 있나요?"

눈치 빠른 경찰이었다. 창하가 불러내니 바로 물어오는 것이다.

"보호소 말입니다. 관리자들의 문제는 없나요?"

"그게 보시다시피 저렇게 투철한 소장님이 계시니… 영아방 보모는 모두 세 명이고 자원봉사가 두 명인데 특별히 의심 가는 사람은 없었습니다."

"CCTV는요?"

"확인했죠. 낯선 사람이라고는 기자밖에 출입한 적이 없습니다."

"기자요?"

"소장님 취재를 왔다고 하더군요. 그 시각은 아기 사망과 무관한 시간이었습니다."

"소장님이 정말 헌신적이시군요?"

"혹시 몰라 기자도 체크해 봤는데 자기는 소장님의 무용담을 확인하고 나왔다고 하더군요. 실제 머무른 시간은 5분도 안 됩니다."

"무용담이라면……?"

"아기들이 어린 데다 건강이 좋지 않은 아기도 있어 더러 발작 같은 게 일어나는 모양입니다. 한 번은 전신발작 하는 아기가 있었는데 현명하게 혀에 손을 넣어 아기가 혀를 무는 걸 막았다네요. 그렇게 살린 아기가 몇 명 되는 모양이에요. 가까운 소아 병원에서도 유명하더군요. 자기 목숨보다 아기를 더 소중하게 생각하는 분이라고."

'발작.'

방으로 돌아와 검색을 해봤다.

그 기사가 있었다.

「버려진 영아들의 영웅」

소장 사진이 보였다. 관련 기사는 처음이 아니었다. 그 시작의 기원은 작년 초봄으로 달려간다. 사진 속의 소장 얼굴은 행복과 자긍심, 겸손함으로 가득하다.

그럴 만도 하다. 발작 중에서도 뇌전증 발작 같은 경우는 아주 무섭다. 경찰의 말처럼 혀를 물 수도 있다. 그러나 자칫 세게 막아버리면 호흡곤란이 온다.

치아노제…….

호흡이 곤란해지면 치아노제가 생긴다. 치아노제는 혈액 속의 산소가 줄어들고 이산화탄소가 증가하면서 피부나 점막이 파랗게 보이는 현상.

앞서 영아 보호소에서 의뢰된 두 아기의 부검 자료에 작년 것까지 구해 와 나란히 펼쳤다. 그 옆에 오늘 부검한 아기의 자료를 붙여놓았다.

대체 뭐가 문제냐?

창하의 눈이 부검 과정과 결과를 스캔하기 시작했다.

그런데…….

'응?'

공통점이 있었다. 네 건의 주검에 공통적으로 출현하는 사람. 바로 소장이었다. 이것도 우연일까?

'억!'

그것들을 하나하나 대조해 가던 창하, 자신도 모르게 신음을 토하고 말았다. 방성욱의 경험치가 적중하는 순간이었다. 이건 영아돌연사가 아니었다. 이제 보니 명백한 살인이었다. 게다가 네 건 전부.

*　　　　*　　　　*

첫 부검이 의뢰된 건 소장이 영웅이 된 지 얼마 후, 그러니까 작년의 일이었다. 첫 부검의 검시관은 소예나. 사인은 병원의 진단과 같은 기관지폐렴사로 나갔다. 이때의 참관자도 소장이었다. 소장은 영아 보호소를 대표한다. 그러니 참관자로 올 수 있다. 하지만 과연 그럴까? 어떻게 보면 부검의 참관은 귀찮은 일일 수 있다. 그럼에도 다른 사람은 보내지 않았다.

"여보세요."

영아 보호소의 응급환자들이 주로 이용하는 병원에 전화를 걸었다.

"여기 국과수인데요, 수간호사 선생님 좀 부탁해요."

수간호사가 나왔다.

"어제 일어난 영아 보호소 아기 사망 기억하세요?"

—네.

"거기 관련해서 좀 여쭤볼 게 있습니다."

—말씀하세요.

"그쪽 아기들 말입니다. 어제와 유사한 증세로 응급실로 오는 경우가 있죠?"

—네.

"빈도가 얼마나 되는지 좀 알 수 있을까요?"

—보통 한 달에 한두 번은 돼요. 자주 오는 편이라 제가 기억하거든요.

"다른 영아들에 비해 빈도가 너무 심한 거 같은데요?"

—맞아요. 하지만 영아 보호소는 워낙 부모에게 버림을 받거나 질환이 있는 애들도 많아서요. 그렇다고 해도 좀 심한 편이라 저희도 보호소 주변 환경에 이상이 있나 싶었어요.

"환경 이상은 없습니다. 저희가 독극물 검사까지 마쳤거든요."

―네.

"그때마다 아기를 안고 온 건 소장이었고요?"

―맞아요. 그분이 오면 병원 안이 떠들썩해지죠. 어찌나 울고불고하는지…….

"혹시 같은 아기가 여러 번 온 경우도 있나요?"

―그것도 맞아요. 올해 죽은 아기도 두 달 동안에 세 번 내원했어요.

"슬빈이와 소민이 내원 기록도 좀 봐주시겠어요?"

―잠깐만요.

수화기에서 멀어진 수간호사, 이내 자리로 돌아왔다.

―슬빈이는 두 번이고 소민이는 세 번이네요.

"그때마다 큰 이상은 없었죠?"

―그랬어요. 닥터들이 한바탕 뒤집어졌지만 특별한 병은 없었고 아기들은 안정을 되찾아 퇴원하곤 했지요. 이번처럼 사망하는 경우를 제외하면요.

"그 아이들이 내원한 시간을 좀 뽑아서 보내주시겠어요?"

―그렇게 하죠.

"협조해 주셔서 고맙습니다."

통화가 끝났다.

"……!"

창하 등골이 오싹해졌다. 이건 연쇄살인이었다. 그러나 부검에서 증거가 나오지 않는 케이스였다.

'젠장.'

다시 경찰을 불렀다.

"예?"

경찰이 소스라쳤다. 부검 결과가 나온 줄 알고 왔는데 새로운 각도의 수사 요청을 받은 것이다.

"전순심 소장님에 대한 신원 조회 상세 자료가 필요하다고요?"

"그렇습니다."

"그건 왜?"

"자세히 알아봐 주세요. 특히 초중고 시절… 그리고 사망 시간대의 영아방 CCTV 체크해서 출입자 명단 알아봐 주시고요. 그 두 가지가 와야만 부검 결과를 낼 수 있습니다."

"선생님, 혹시?"

경찰의 촉이 가동된다.

"여러 가능성을 열어두는 것뿐입니다."

"하지만 이 소장님은 몹시 헌신적이며……."

경찰이 울상을 짓는다.

"여러 가능성들을 같이 체크하자는 취지입니다."

창하는 단호했다. 신념에 눌린 경찰이 전화를 꺼냈다.

"저 송 경사입니다. 영아 보호소 소장님 신원 조회 좀 해서 보내주세요. 출생부터 영아 보호소 소장 때까지 전부 다요."

결과가 오는 동안 창하는 창밖을 바라보고 있었다. 주차장에 소장이 서 있다. 지나가는 사람들마다 인사를 한다. 참 예의 바른 여자다. 그걸 보자니 괜히 미안한 생각이 들었다. 그러나 합리적인 의심은 검시관에게 요구되는 덕목의 하나였다.

지잉지잉!

소장의 신원 조회 결과가 나오기 시작했다. 창하의 노트북을 빌린 경찰이 핸드폰에 들어온 서류를 프린터로 연결한 것이다.

"······!"

기록을 넘겨받은 창하의 시선이 서류 위에서 멈췄다.

「조손가정에서 성장」
「자신의 행동을 과장하는 성격」
「자해 성향」

후우.

숨을 고른 창하, 이번에는 CCTV 화면을 체크했다. 수간호사가 보내 준 아기들의 응급실 입원 시각. 그 직전의 영아방 복도 영상이었다. 여기도 공통점이 있었다.

—보모가 나간다.
—소장이 들어간다.
—보모가 돌아온다.

—비명과 함께 보모가 뛰어나온다.

—소장이 달려온다.

—소장이 아기를 안고 응급실로 뛴다.

'인위성 장애……'

부검의 원인을 골라낸 창아 등골에 식은땀이 맺혔다. 이거 야말로 연쇄살인이자 완전범죄가 아닐 수 없었다.

증거는 남지 않았다.

증언도 없다.

그 대상이 영아들이기 때문이었다. 그들은 말할 수 없다. 누군가 내 입과 코를 막았다고. 누군가 내 입안에 손을 넣어 호흡을 곤란하게 했다고.

완벽한 위선.

지금도 선량한 미소를 짓고 있는 범인의 이중성…….

"이 건, 살인입니다."

마침내 창하의 선언이 나왔다.

"선생님!"

경찰의 입이 쩌억 벌어졌다.

살인.

생각지도 않은 모양이었다. 경찰은 사실 보호소의 시설 문제나 인근 미군부대 골프장의 제초제 등의 중독을 의심하고 있었다. 그런데 살인이라니 황당할 수밖에 없었다.

"범인은 보호소 소장인 것 같습니다."

"선생님."

경찰의 얼굴이 창백하게 변했다. 수사를 위해 소장을 여러 번 만난 경찰이었다. 소장은 차라리 천사였다. 아기 얘기만 나오면 울었다. 영아 보호소 현장 수사 때는 잠시도 쉬지 않고 아기들을 안아주던 여자. 더구나 여러 경로를 통해 인증된 사람이 아닌가?

"뭔가 착오가 있는 것 아닙니까?"

경찰이 되물었다.

"소장이 천사라고요?"

"아니면요? 선생님도 보지 않았습니까?"

"저 여자는……."

창문으로 걸어온 창하, 주차장의 소장을 보며 뒷말을 이었다.

"소시오패스일 겁니다."

"소시오패스?"

"인위성 장애가 더해진."

"인위성 장애는 또 뭡니까?"

경찰은 진땀까지 흘린다. 일련의 상황은 그가 상상조차 못하던 것들이었다.

"소시오패스는 아시죠?"

"예, 조금……."

"소시오패스는 자신을 위해 남을 이용하거나 온갖 거짓말을 저지르지만 양심의 가책을 느끼지 않는 사람들이죠. 인위성 장애와 겹치는 부분들이 있는데 인위성 장애는 타인의 관심을 끌거나 사랑을 독차지하려는 경향이 강합니다. 칭찬을 듣기 위해 없는 일을 꾸미거나 확대하고 일부러 아픈 척까지 하면서 관심을 유도합니다. 때로는 상황을 조작하고 심지어는 자해도 불사하죠. 보호소의 보모라고 가정한다면······."

"······?"

"아기들을 일부러 위험에 빠뜨렸다가 구해내기도 합니다. 태연하게 말이죠."

"선생님, 그 말은?"

"CCTV를 볼까요?"

창하가 노트북 앞에 앉았다.

토독토독!

키보드를 두드려 화면을 불러냈다. 영아 보호소다. 복도는 무심하도록 고요하다. 한 자원봉사자 아줌마가 어린 아가를 안고 산책을 나간다. 문제가 된 영아방이 보인다. 사람들이 오간다. 얼마 후에 보모가 나온다. 그 뒤에 소장이 들어간다. 아기가 응급실에 가기 20분 전이다.

소장은 3분 만에 나왔다. 다시 보모가 들어간다. 비명 소리와 함께 보모가 뛰어나온다. 소장과 다른 보모들, 자원봉사자들이 달려온다. 소장이 아가를 품에 안고 뛰어나온다. 소장의 얼굴은 절박한 사색이다. 누가 보면 지구를 구하는 영웅처럼 보였다.

토독!

창하가 그 장면을 확대했다. 아기 얼굴이다. 얼굴과 몸에 푸르뎅뎅한 치아노제가 보였다.

화면이 다음 것으로 바뀌었다. 과정은 거의 같았다. 보모가 나온 후에 소장이 들어갔다 나오고, 다시 보모가 들어가면 비명, 소장의 헌신적인 출동, 소장의 맹렬한 활약, 보모와 자원봉사자, 시 당국자들의 칭송, 그때마다 아기는 치아노제……

"아기 얼굴과 몸의 푸른 기색이 보이죠?"

"예."

"아기가 응급실로 가기 전, 언제나 소장이 등장합니다. 그리고 그녀가 그 방에서 나오면 영락없이……"

응급 상황 발생.

"우연의 일치일 수도 있지 않습니까?"

"한 번이라면 우연의 일치일 수 있습니다. 하지만 세 번은 우연이 아닙니다. 이는 미국 법의학 교본에도 나오는 말입니다. 아, 작년 경우까지 더하면 네 번이더군요."

"……!"

"소장이 달려오는 방향의 CCTV를 체크해 보세요. 아마도 어디선가 상황을 주시하다가 뛰어올 겁니다. 그것은 곧 이런 일이 일어난다는 걸 알고 준비하고 있었다는 방증이죠. 소장이 어떻게 알까요? 아기에게 응급질환이 생길 거라는 걸?"

"맙소사."

"소장의 신원 정보를 보면 인위성 장애의 흔적이 여기저기 남아 있습니다. 조손가정이라고 사랑을 못 받고 자라는 건 아니겠지만 소장의 경우에는 그랬던 것 같습니다. 그 박탈감과 허전함이 인위성 장애의 기원이 되었습니다. 성장기로 이어졌으니 중고등학교 시절의 정보에서도 엿보입니다. 이 여자는 일상의 관심이 모두 자신에게 쏠려야 합니다. 그래서 아기들을 학대한 겁니다. 부모가 자리를 비운 사이, 혹은 한눈을 파는 사이에 아가의 입이나 코를 막는 거죠. 혹은 입안에 손가락을 넣어 호흡을 방해합니다. 아가들의 입과 얼굴, 몸이 파랗게 변한 치아노제는 일시적인 호흡곤란으로 온 겁니다. 응급실로 가면 큰 원인 없이 회복되는 게 증거입니다. 당연하지 않겠습니까? 질병이 아니라 숨통을 막았던 것이니······."

"그럴 수가······."

"영아 보호소 소장이 되려면 그 전에도 보모 경력 같은 것이 있었겠죠? 거기도 확인해 보세요. 분명 영아돌연사가 있거나 이와 유사한 사례가 있었을 겁니다."

"선생님······."

"이 보도가 결정적이었을 겁니다. 그 후에 복지부 장관상 등을 받았더군요. 그때부터 이 여자의 영웅놀이가 본격화된 것 같습니다. 강도도 심해졌고요."

"……."

"저 여자의 미소는 위선입니다. 친절이나 헌신은 오직 칭찬을 듣기 위한 것이고요. 제 말 명심하세요."

창하가 잘라 말했다.

「사망의 원인—뇌사로 인한 호흡정지, 사망의 종류—살인」

부검 결과였다.

"살인?"

가장 놀라는 건 피경철이었다. 부검을 마치고 방으로 가던 피경철. 창하의 부검이 끝났다니 확인차 들른 길이었다.

"치아노제의 발병 원인이 질식입니다. 누군가 아이의 숨통을 누른 것이죠."

"맙소사, 급성폐렴이 아니고?"

"폐에 문제가 있는 건 맞습니다. 하지만 그 과정이 수상해 여러 경로를 짚어보았습니다. 그랬더니 보호소 소장이 그 중심에 있더군요."

"허얼."

"코에도 이물이 없고 목에도 이물이나 질병의 징후가 없습니다. 감염도 없고 중독도 없지요. 거기에 영아돌연사라기엔 월령이 맞지 않았습니다."

"그럼 내 부검도 잘못이 아닌가? 더구나 처음 온 부검은 소선생, 다음 건은 백 과장이 했었는데……."

"저도 이게 처음이었다면 뇌사로 인한 폐렴, 급성폐렴 등으로 넘어갔을 겁니다. 앞서 기록된 세 분의 기록이 있었기에 대조가 가능했지요."

"허얼……."

"경찰에게 힌트를 줬으니 잘 마무리하겠지요."

"허얼, 이거 자네 볼 면목이 없군."

"별말씀을요. 선생님의 자료에서 얻은 힌트였다니까요."

그때 창하 책상의 전화가 울었다.

"여보세요."

―선생님.

경찰이었다.

―CCTV 찾았습니다. 소장실 앞쪽 각도인데요, 선생님 말대로 영아방을 기웃거리다가 비명이 나면 뛰어가더군요. 영아보호소 소장이 되기 전에 근무하던 보육원에서도 두 살 미만의 아이들에게 유사한 경우가 네 번 정도 확인이 되었습니다.

"다행이네요."

―여자는 지금 연행되어 심문 중입니다. 처음에는 길길이 날뛰더니 선생님의 부검 결과와 여러 자료들을 들이대니 겨우 실토를 하고 있습니다.

"그것도 다행이고요."

─사람 겉 봐서는 모르겠네요. 버려진 영아들의 대모인 줄 알았는데 그게 전부 생쇼였다니……

"……"

─고맙습니다. 선생님이 아니었으면 악마를 천사로 알고 속아 넘어갔을 겁니다. 게다가 부모 없는 아기들이 대다수이다 보니 사고가 나도 큰 문제를 제기할 사람이 없어서 속수무책일 뻔했어요. 후와, 사이코패스나 소시오패스만 무서운 줄 알았는데 인위성 장애인지 뭔지 그것도 무섭네요.

"그럼 마무리 잘해주세요."

─예, 선생님.

통화가 끝났다.

"범인 체포?"

피경철이 물었다.

"소장이 자백을 했다네요."

"나도 자백일세. 나 돌팔이 부검의라고."

"선생님."

창하가 울상을 짓는다.

"그런 의미에서 오늘 점심은 우리가 쏘겠네."

"우리요?"

"백 과장과 나, 소 선생. 우리 셋 다 돌팔이 인증된 거 아닌가? 이 선생이 동네방네 소문내면 쪽팔리니까 점심이라도 사서 입 막아야지."

"그럼 저희 우 선생과 천 선생님도 끼워주셔야 합니다. 그분들 입도 막아야죠."

"문제없네. 이 선생이 원하는 사람은 다 모셔 오시게. 쪽팔림 벗어나는 일인데 뭔들 못 하겠나?"

피경철이 너털웃음을 웃었다. 생각만 해도 오싹한 소장의 기행. 선행의 탈을 쓴 악마를 잡았으니 이제, 다른 아가들은 안전했다.

제8장

—

역대급 명강의

"오랜만입니다."

장혁이 문을 밀고 들어왔다.

"이 검사님."

강의를 준비 중이던 창하가 반색을 했다.

"바쁜데 민폐 끼치러 왔습니다."

"민폐라뇨? 앉으세요."

창하가 자리를 권했다.

"요즘도 여전하시더군요? 국가 대표 검시관."

"별말씀을요."

"아닙니다. 차 팀장과 통화할 때마다 듣거든요. 그런데 매번 들어도 물리지를 않아요."

"차 한 잔 드려요?"

"그럼 좋죠."

장혁이 웃는다. 창하가 커피를 내렸다. 이제는 국과수 생활
이 일상이 되어버린 창하. 형수가 사준 커피머신까지 갖춰놓
고 있었다.

"오, 바리스타 자격증 있어요? 생각보다 좋은데요?"

커피를 받아 든 장혁이 환하게 웃었다.

"무한 리필도 가능합니다. 얼마든지 드세요."

"배 터지게 마시고 가야겠네요."

"그런데… 진짜 일부러 제 강의 들으러 오신 겁니까?"

창하가 물었다. 오늘, 창하는 강의가 예정되어 있었다. 경찰
청과 검찰청 현장 감식 요원들의 수료일이 임박했다. 그들이
창하의 특강을 원했고 소장이 받아들였다. 거기에 장혁이 끼
겠다는 것이었다.

"다른 일도 있기는 하지만 강의는 꼭 들을 겁니다."

"제 강의 뭐 들을 게 있다고… 기왕이면 과장님이나 다른
선배님들이 하는 걸 들으시지."

"닥치고 이창하, 그거 모르시네요?"

"그런 말도 있습니까?"

"채린이 입에 달고 사는 말입니다. 차 팀장도 직원들 이끌고
오려 했는데 사건 터졌다고 짜증 제대로더군요."

"사건?"

"요즘 희한한 사건이 한둘입니까? 저번에 해결해 주신 두피 뒤집어쓰고 죽은 대학교수나 영아 살인마……."

"예……."

"하긴 우리 검찰에도 기막힌 사건이 몇 개 들어왔습니다."

"……?"

"이 건은 선생님 전공하고도 살짝 연관될 거 같은데… 모 재벌이 개망나니 아들을 구하기 위해 무리수를 두고 있네요."

"궁금한데요?"

"간단히 말씀드리면 이렇습니다. 개망나니 아들이 술 말아 드시고 클럽에서 여자를 낚습니다. 호텔까지는 안착했는데 여 자가 성관계만은 거부합니다. 만취한 아드님이 뚜껑이 열리셔 서 침대 옆의 전기스탠드로 여자 머리를 후려칩니다. 여자가 쓰러지는데 이게 뇌사가 되어버려요."

"저런!"

"아들은 구속되고 여자는 홀어머니께서 장기기증을 하게 되어 대학병원 수술대 위에 올라갔는데……."

"……."

"아들의 변호사가 대법관 출신의 거물입니다. 이분이 일대 궤변을 들고 나오죠. 경찰에서 아들에게 적용시킨 폭행치사가 잘못되었다는 겁니다. 여자의 심장정지는 장기기증으로 인한 장기 적출이 원인이니 피고에게는 단순 폭행만을 적용해야 한다는 겁니다."

"그게 말이 됩니까? 그런 논리라면 장기이식을 위해 장기를 적출한 의사가 살인이라는 거 아닙니까?"

"그렇죠."

"제가 알기로 장기이식법에 뇌사자는 동법에서 살아 있는 사람의 범위에 들어가지 않습니다. 즉 뇌사 판정 기준에 따라 뇌사로 판정된 사람은 법적 사망을 받은 것 아닌가요?"

"그렇다고 봐야죠. 뇌사자의 장기이식은 법적으로 허용되고 있으니까요."

"그런데 왜 대법관씩이나 지낸 사람이?"

"형법 때문이죠. 형법에서는 뇌사를 사망으로 인정하지 않거든요. 형법에 의하면 뇌사자라고 해도 심장이 멈춰야 진정한 사망이 됩니다. 대법관 출신 변호사께서 그 간극을 파고든 거죠."

"말도 안 됩니다."

"말도 안 되는 사건이 한둘이 아니잖아요."

"그럼 그게 먹히는 겁니까? 대법관 경력의 변호사라면 전관예우가 장난이 아닐 텐데……."

"전관예우는 현실이지만 법원에서 받아들이지는 않을 겁니다. 그분이 그런 전략을 들이미는 건 형량을 대폭 낮추기 위한 술수일 가능성이 높아요."

"허어."

"괜히 말했네요. 선생님이 흥분하면 강의에 지장 있을 텐데……."

"괜찮습니다. 받아들여지지 않을 거라 하시니……."

"정말 별의별 사람이 다 있죠?"

"그러네요. 그런 주장을 하는 변호사도 있다니 참……."

창하가 혀를 찼다.

시간이 되었으므로 교육장으로 향했다.

"이 선생."

먼저 와 있던 소예나가 반가이 맞이한다.

"이 검사님도 오셨네요?"

장혁에게도 알은척을 하는 소예나. 그녀의 남편이 부장검사이니 인사 정도는 하는 사이였다.

"에이스 앞에서 강의하려니 떨리네. 차례 바꿀까?"

소예나가 물었다. 오전 강의는 두 타임. 소예나가 먼저 법의탐적학으로 분위기를 띄우고 창하가 현장 감식의 디테일을 강의하는 순서였다.

"무슨 말씀을……."

창하가 손사래를 쳤다.

"이 선생도 이제 법의탐적학에 관심 좀 가져봐. 부검만 잘한다고 좋은 검시관이야? 부검의 관심을 사고·저변을 넓히는 데는 법의탐적학 같은 접근법이 최고거든."

"노력하겠습니다."

창하가 답했다. 소예나는 자부심이 넘치고 있었다.

"입장하시죠?"

교육을 맡고 있는 행정직원이 들어왔다. 창하와 소예나가 나란히 입장을 했다.

"소예나 검시관님입니다."

짝짝!

"이창하 검시관님입니다."

"와아아!"

짝짝짝짝!

연단 위로 박수와 환호가 날아왔다. 창하의 것이 압도적이었으니 소예나의 웃는 얼굴이 살짝 구겨지는 모습이었다.

창하는 연단 뒤의 강사석에 앉았다. 소예나가 강의를 시작했다.

법의탐적학.

그녀의 주특기였다. 그녀는 주로 명화와 영웅들을 대상으로 법의탐적학 세계를 펼쳐갔다. 오늘의 대상은 차이콥스키다.

차이콥스키.

음악 좀 하는 사람치고 그의 이름을 모를 수 있을까? 그렇게 유명한 사람이니 교육생들의 귀가 쫑긋 선다. 증거 보전과 증거 발굴에 혈안이 되던 교육 시간에서 잠시 자유로울 수 있는 것이다.

"이 음악가는 비창의 초연이 마지막 무대였죠."

소예나가 화면을 가리켰다.

"그의 사인은 콜레라였습니다. 병상 기록을 보면 쌀뜨물 같은 변을 보았다고 나오죠. 아시다시피 콜레라의 전형적인 증상의 하나입니다. 차이콥스키는 콜레라로 죽었습니다."

소예나의 강의는 유려했다. 방송 출연으로 다져진 내공에 우아한 자세 때문이었다. 거기에 스타일까지 좋으니 삼위일체가 되는 것이다.

"그런데 여기 모순되는 기록들이 나옵니다. 콜레라는 법정 제1군 전염병으로 지정될 만큼 전염력이 강한 병입니다. 그럼에도 불구하고 그는 격리된 적이 없었습니다. 말이 안 되죠?"

"……."

"더구나 사망한 후에는 조문객들의 시신 접촉도 자유롭게 허용되었고요. 당시 러시아의 의학 수준으로 보아 콜레라를 모를 리 없음에도 이러한 일이 벌어졌다는 점에 주목하셔야 합니다."

"아……."

교육생들 사이에서 감탄의 목소리가 새어 나왔다.

"차이콥스키는 요즘 말로 레인보우였습니다. 동성애자였죠. 이는 당시 러시아 사회에서 극형에 처해지는 일이었습니다. 따라서 차이콥스키는 콜레라가 아니라 형의 집행에 따라 독배를 받은 겁니다."

"우!"

"하지만 러시아 정부는 차이콥스키의 지명도를 고려해 사인을 콜레라로 발표합니다. 동시에 사인의 배경이 되는 증상에 대한 조작도 실시하죠. 쌀뜨물 타입의 설사… 어떤 약물이 이런 작용을 할까요?"

소예나가 질문을 던졌다.

"비소입니다."

앞줄의 감식 요원이 손을 들었다. 을지 경찰서 현장 감식 팀에 속한 지 경위였다.

"이번 교육생들 수준은 굉장하군요. 맞습니다."

짝짝!

교육생들 사이에서 박수가 터져 나왔다.

"비소를 소량 사용하면 콜레라와 유사한 증상을 이끌어낼 수 있습니다. 러시아 정부는 이때도, 조작을 해도 확실하게 했던 모양입니다. 의학적으로 아귀를 맞춰주고 있으니까요."

"……."

"여러분과 저의 임무도 그런 것이겠죠. 원인과 결과 사이에 존재하는 증거들. 어려운 사건을 만나시면 차이콥스키의 사인을 생각하면서 앞뒤를 맞춰보는 것도 좋으리라 생각합니다. 제 강의는 이것으로 마칩니다. 혹시 질문이 있나요?"

소예나가 묻자 지 경위가 손을 들었다.

"말씀하세요."

"제 아들이 올해 중학교에 들어갔습니다. 이 녀석이 독서토론반에서 엉뚱한 토론을 하고 있는 모양인데 제가 국과수 교육 간다고 하니까 엄청난 숙제를 주지 뭡니까?"

"숙제요?"

"백설 공주 말입니다. 그 사과 속에 든 독이 뭔지 알아봐 달라고 합니다. 선생님이 좀 알려주시면 고맙겠습니다."

"그건 생각해 보지 않았는데 청산이나 비소 쪽이 아닐까요?"

"확실한가요?"

"글쎄요. 백설 공주는 동화라서 법의탐적학의 소재로 삼지 않았어요. 저는 실존했던 사람들과 사실주의 명화를 주로 분석하고 있으니까요."

"그렇다면 이창하 선생님."

돌발 사태가 나왔다. 지 경위가 창하를 호명하고 나온 것이다.

"예?"

창하가 고개를 들었다.

"선생님도 모르십니까?"

지 경위의 시선이 창하를 겨누었다. 뿐만 아니라 모든 교육생들의 눈빛까지 창하에게 쏠리고 있었다. 심지어는 장혁과 출입문에서 지켜보던 소장도 그랬다.

"대신 답변하실래요?"

소예나가 발언권을 넘겼다.

"선생님."

"다들 원하시잖아."

"……."

주저하는 사이에 다시 박수가 쏟아졌다. 결국 창하가 연단으로 나오게 되었다.

"백설 공주라고 하셨습니까?"

지 경위를 바라보는 창하.

"부탁드립니다."

지 경위가 한 번 더 소리쳤다.

"제가 어릴 때 읽은 거라서 기억이 좀 흐린데 마녀가 준 사과를 먹고 쓰러지는 거 맞죠?"

질문을 시작으로 창하 강의가 시작되었다.

"맞습니다."

"죽었나요?"

"예?"

"우리는 검시에 대한 공부를 하는 중이니까 팩트를 체크하면서 가보죠. 백설 공주가 죽었습니까?"

"그게… 나중에 왕자가 키스해서 깨어난다니 죽은 건 아닌 것 같습니다."

"그럼 잠들었을까요?"

"그것도 아니겠죠?"

"그렇다면 혼수거나 질식일 수 있겠군요?"

"……."

"제가 잠깐만 문제가 되는 부분의 문장을 좀 체크하겠습니다."

창하가 핸드폰을 꺼냈다. 원문을 불러냈다. 원문은 아이들 동화와 차이가 있다. 간단히 말하자면 백설 공주 원문은 좀 난잡하고 잔혹하다. 어린이들이 읽기에 무리가 있는 것이다.

"여기 있군요. 사과를 먹은 백설 공주에 대한 묘사… 뺨에는 여전히 홍조가 감돌고 있었고 피부도 깨끗하고 매끄러웠다."

"……."

"백설 공주가 먹은 독 사과에 대해 과학적으로 접근하려면 현장의 상황을 보아야 합니다. 그런데 쓰러진 공주의 외표는 그리 심각하지 않군요."

창하의 설명에 교육생들이 웅성거렸다. 시작부터 좌중을 압도하는 접근법이었다.

"자, 공주가 먹은 것은 사과입니다. 그렇다면 또 왜 하필 사과였을까요?"

창하가 교육생들을 바라본다. 모두는 말을 잊었다. 완전한 몰입이었다.

"독살자가 매개체로 쓰는 것들은 이유가 있게 마련이죠. 우선은 공주가 좋아하는 과일일 수 있습니다. 하지만 그보다 먼저 유럽의 정서가 필요할 것 같습니다. 사과."

"……"

"이는 유럽인들에게 있어 떼려야 뗄 수 없는 정서적 친근감이 있는 과일입니다. 어쩌면 과일 이상이죠. 그래서 에덴동산에서도 사과고 뉴턴의 만유인력의 법칙도 사과며 윌리엄 텔의 활에도 사과입니다. 그만큼 사과는 유럽인들에게 사랑받는 과일. 마녀의 선택은 거기서 출발하지 않았을까요?"

"우와."

여기저기서 감탄사가 터져 나온다. 동시에 소예나의 표정이 조금씩 굳기 시작했다. 창하의 출발이 범상치 않은 것이다.

"그렇다면 사과는 어떤 성분을 가졌을까요?"

"……."

"사과의 씨, 아시는지 모르지만 그 씨가 바로 독성물질입니다."

"……?"

"씨의 성분 중에 아미그달린이라는 게 있습니다. 바로 시안화합물의 일종, 즉 시안배당체입니다."

"그럼 사과씨 때문에 죽었다는 겁니까?"

"죽은 게 아니고 쓰러진 것이죠?"

창하가 단어를 바로잡았다. 죽은 것과 기절한 것은 엄청난 차이가 있었다.

"네."

"시안배당체는 청산가리의 성분입니다. 인체에 과다 투입 되면 경련과 호흡곤란을 일으킬 수 있지요."

"……."

"그러나 사과씨는 무죄일 것 같습니다. 백설 공주가 특이한 체질이 아니라면 사과 반쪽에 든 씨로 의식을 잃을 수는 없겠죠. 그렇다면 사과씨의 성분이 아니라 애당초 청산 같은 것을 백설 공주가 먹을 반쪽에 묻혔을까요."

"……."

"이것도 아닌 것 같습니다. 동화 속에서 공주는 사과를 먹기 무섭게 쓰러집니다. 아시다시피 시안화물은 쾌속의 세포 질식을 유발합니다. 먹자마자 쓰러질 정도의 독성이라면 다시 깨어날 수 없습니다."

"그럼……?"

"다음으로 비소를 꼽아볼까요? 하지만 이것 역시 용의선상에서 지워야 합니다. 만약 비소가 짧은 시간에 대량으로 들어갔다면 식도의 작열감과 함께 위통으로 인한 구토, 토혈 등이 수반되어야 하겠죠? 하지만 동화에 그런 묘사는 없습니다. 홍조와 함께 피부가 깨끗했다고 하죠?"

"……."

"그렇다면 그 지역의 토종 독극물은 어떨까요? 당시 마녀들은 연금술사처럼 여러 약초를 사용하기도 했습니다."

"……."

"그 지역의 약초 중에 아트로파 벨라도나(Atropa Belladonna)라는 게 떠오르는군요. 수술용 마취제로 쓰이기도 하고 독살용으로도 쓰입니다. 잎과 열매의 독성이 강하거든요. 이 독은 환각 상태를 유발하기도 하는데 베리류처럼 단맛을 가지고 있습니다. 그러니 반대편에 발랐다고 해도 백설 공주가 알기는 어려웠겠네요. 게다가 우연의 장난인지 벨라도나는 이태리어로 아름다운 여인이라고 하니 세상에서 제일 예쁜 공주와 제일 예쁜 여자가 되고 싶은 마녀의 이야기에 잘 어울리는 것 같기도 하고요."

"그럼 마녀가 쓴 독이 벨라도나인가요?"

지 경위가 물었다.

"잠깐요, 여기서 정리를 해볼까요? 먹자마자 즉각적인 효과, 죽지는 않지만 혼수에 빠질 정도의 위력. 사실 독이 아니고도 이런 증상을 유발하는 경우가 있습니다. 지 경위님, 혹시 아십니까?"

창하가 질문을 던졌다.

"사과 반쪽… 누가 목을 조르거나 머리를 때린 것도 아니니… 질식?"

"맞습니다. 질식이 되면 어떻습니까? 호흡이 막히니 얼굴은 붉어지고 몸은 창백해질 수 있겠죠? 백설 공주가 쓰러졌을 때의 묘사와 닮은 면이 있습니다."

"……."

"그중에서도 지연성 질식입니다. 기도가 완전하게 막힌 상태가 아니라면 나중에 호흡이 돌아올 수도 있겠죠."

"그럼 공주의 호흡이 돌아올 때 왕자가 키스를 한 거로군요?"

"다들 궁금해하시니 이쯤에서 사인을 발표할까요?"

"네에!"

교육생들이 입을 모아 소리쳤다. 그 일체감에 소예나가 몸서리를 쳤다. 법의탐적학의 독보적인 존재로 군림하고 있는 소예나. 창하가 부검의 에이스로 꼽힌다고 해도 이 분야만은 자신을 넘보지 못할 일이었다. 그런데… 지금 이 순간, 그녀의 자부심은 간 데가 없었다.

"여러분과 함께 이런저런 가능성을 짚어보았습니다. 토종 약초일 수도 있고 질식일 수도 있겠죠. 답은 둘 안에 있습니다."

"……"

"사인 발표합니다. 실은 제가 아까 슬쩍 커닝을 했는데 원문 안에 답이 있더군요."

창하가 벽의 화면을 바꾸었다. 검색한 문장이 올라왔다. 스크롤을 주르륵 내리니 한 문장에 닿았다. 거기다 블록을 씌웠다.

「몸이 바닥에 떨어지자 공주의 목에 걸린 사과 조각이 툭 튀어 나왔다.」

사과 조각.

질식이었다.

짝짝짝!

교육생들이 뜨거운 박수를 보내왔다. 게다가 기립 박수였
다. 동화 한 편으로 독물과 질식의 정수를 보여준 창하. 아이
들의 동화라는 눈높이에 포인트를 맞춘다면 벨라도나. 팩트를
생각한다면 질식. 양자를 공히 관통하고 있으니 법의탐적학
이상의 명강의가 나온 것이다.

나머지 실전 강의도 인기 만점이었다. 부검대보다 현장을
중시하는 창하였기에 그들의 고충을 알았고 그들이 원하는
것도 알았다. 그 가려운 데를 제대로 긁어주니 열광하지 않을
수 없는 교육생들이었다.

짝짝짝!

뜨거운 박수 소리를 들으며 교육장을 나왔다. 노하우란 개
인의 소유물이 되어서는 안 된다. 인간의 목숨은 유한하지만
기록하고 전수하면 영원해지는 것. 부검의 세계를 한 뼘 더
넓혀놓는 창하였다.

제9장
—
똥 밟은 재벌 3세

소예나의 악수는 정중했다. 하지만 미소까지 정중하지는 않았다. 기분 잡쳤다. 미소 속에 숨은 표정이었다. 신경 쓰지 않았다. 신경 쓸 곳이라면 부검만 해도 모자랄 정도였다.

"선생니임."

사무실에서 숨을 돌릴 때 원빈이 코맹맹이 소리를 내며 들어섰다.

"뭡니까? 그런 시츄에이션?"

"왜 이러십니까? 제가 국과수 정보통인 거 모르십니까?"

"그래서요?"

"방금 전의 감식 요원 강의요, 명강의가 나왔다면서요?"

"명강의는⋯⋯."

"소 선생님 콧대가 피자 도우보다 더 납작하게 뭉개졌다고 하던데요."

"누가 그래요? 다 헛소문입니다."

"백설 공주 클래식톱시, 이건 뭐 목에 힘주는 소 선생님 지식은 델 것도 아니었다고⋯⋯."

클래식톱시는 고전 부검이다. 책 부검을 북톱시(Booktopsy)라고 부르는 것의 연장선상이었다.

"그만해요. 낯 뜨겁게⋯⋯."

"아, 이래서 제가 선생님 좋아한다니까요. 초고수면서 겸손하게 살다가 기회가 주어지면 빵빵 터뜨리는 극강 내공⋯ 벼는 익을수록 고개를 떨군다의 전형적 인성⋯⋯."

"선생님."

"부검 준비나 하라고요?"

"아뇨. 그렇게 정보통이면 올해 지원 상황이나 말해보세요."

창하가 물었다. 다시 국과수 검시관 공채의 시간이었다. 지한세가 구속되면서 줄어든 인원. 이번 공채에서 보충을 해야 했다. 하지만 큰 기대는 없었다. 창하의 활약으로 부검과 검시관에 대한 관심이 높아졌다지만 대우는 그대로였다.

바야흐로 주 52시간이 강제(?)되는 시대. 의대까지 나오고서 누가 24시간 시스템을 갖춘 일을 좋아할까? 국과수 검시관이 아니더라도 의사들은 갈 곳이 많았다. 지방직 6급 공채라도 대환영하는 로스쿨과는 또 다른 것이다.

그런데 의사들이 기피하는 곳은 국과수 검시관만이 아니었다. 의사들도 유행을 타니 시대를 따라 이런 현상도 바뀐다. 한때는 산부인과가 그랬고 정형외과와 비뇨기과가 그랬다.

그 빛나는 전통은 오늘날에도 면면히 이어진다. 피안성 정재영은 여전히 끗발을 날린다. 피부과, 안과, 성형외과, 정신의학, 재활, 영상의학이 그것이다. 반면 천연기념물류로 꼽히며 그 명맥 유지마저 어려운 곳이 바로 부검의, 소아외과, 장기이식외과 등이었다. 그중에서도 소아외과 전문의는 대한민국을 통틀어 48명에 불과하다. 국과수 부검의의 뒤를 바짝 쫓는 경쟁자(?)가 아닐 수 없었다.

"그게……."

원빈 표정이 어두워진다. 안 들어도 알 것 같았다.

"한 명도 없어요?"

"그게 아직까지는……."

"됐어요. 마감 직전에 폭풍처럼 몰려들 겁니다. 우린 부검이나 하죠."

"알겠습니다."

활기차게 들어섰던 원빈, 나갈 때는 울상이 되었다. 검시관 응시자는 전무하지만 어시스트 공채는 8명에 채용에 600명 가까이 몰려들었기 때문이다.

'답은 역시 민간 국과수.'

한 번 더 곱씹으며 부검복으로 갈아입었다.

띠롱다롱.

문을 나설 때 전화가 들어왔다. 백 과장이었다.

―내 방으로 좀 오시게.

전화를 끊고 과장 방으로 걸었다. 안에는 소장이 함께 자리하고 있었다.

"어서 오시게."

소장이 웃는다.

"백설 공주 강의 기막혔네. 교육생들이 머리에 쏙쏙 들어온다고 난리더군. 이참에 이 선생도 아예 전담 교관으로 나가보려나?"

"별말씀을……."

"농담은 아닐세. 이런 말 하면 그렇지만 그 방면의 일인자로 꼽히는 소 선생보다 백배는 나았어."

"그것 때문에 부르신 겁니까?"

"아닐세. 오늘 자네 부검이 한 건 남았지?"

"예."

"길 선생 부검과 바꿔서 들어가시게."

"길 선생님 부검과요?"

"길 선생에게 배정된 부검 말일세, 좀 복잡하게 꼬인 사건이야."

"……."

"본원에서 연락이 왔는데 혹시라도 뒷말이 나올 수 있으니 아예 이 선생을 투입해 달라는군."

"본원입니까?"

"압박은 아닐세. 대비를 하자는 거야."

"알겠습니다."

대답을 하고 과장 방을 나왔다. 국과수에는 외풍이 없다. 단지 시신에 차별을 두는 경우가 있을 뿐. 복도를 걸으며 상상을 한다. 국과수에 부검 명의가 20여 명이 있다. 시신의 보호자들은 마음에 드는 부검의를 선택할 수 있다. 대학병원의 시스템이다.

부검의들은 경쟁 상태가 된다. 더 잘해야 살아남는 것이다. 삭막해 보이지만 경쟁은 필수적이다. 어느 분야가 발전하는 데 있어 빼놓을 수 없는 미덕이었다.

현재의 국과수에는 협동은 있되 경쟁은 없었다. 한 번 더 민간 법과학공사의 필요성을 그리며 대기실 앞에 도착했다. 그 순간, 욕설이 귀를 파고 들어왔다.

"아, 씨발, 왜 자꾸 시빈데?"

"뭐래? 조또, 국과수면 다야? 내 동생이 맞아 죽었는데 담배도 못 피워?"

목소리가 험악하다. 잠시 숨을 고르고 문을 열었다.

"선생님."

검찰에서 나온 수사관은 구면이었다. 그 옆에 선 사람은 20대의 젊은 피다. 허우대는 멀쩡해 모델급 미남이었다.

"담배는 나가서 피우세요."

창하가 바라보니 '씨발' 욕설과 함께 담배를 팽개친다. 그 손목에 조잡한 문신이 가득했다. 시선을 거두고 의자에 앉았다.

"간단히 말씀드리면 클럽입니다. 이 친구가 동생과 함께 이태원 클럽에 갔다가 시비를 걸었습니다."

"아, 씨발. 말 똑바로 해요. 시비가 아니고 단체로 일방 폭행. 그것도 잘난 재벌 3세 새끼들에게 개무시당하면서… 이거 야간에 단체로 때렸으니 특수 폭력이야, 특수 폭력."

청년이 핏대를 올리며 끼어들었다.

"좀 조용히 해. 상황 설명드리는 거잖아?"

"나도 상황 설명이거든?"

"아아, 그만들 하세요."

창하가 정리에 나섰다. 둘에게 고르게 설명의 기회를 준 것이다.

사건의 개요는 복잡했다.

발단은 역시 클럽이었다. 재벌 3세는 새뚜기제약 회장의 손자 서명훈. 사망자는 청년의 동생 이대영. 둘은 소위 물 좋은 클럽 안에서 만났다. 외국 유학길에서 돌아와 친구들을 만난 서명훈. 내일 할아버지 칠순 모임이 있어 먼저 일어섰다. 순간 건들거리며 다가오던 이대영이 일부러 그 어깨를 치고 갔다.

그 통에 서명훈이 핸드폰을 떨구고 말았다.

"이봐요."

서명훈이 이대영을 불렀다. 그 대답이 진짜 발단이 되었다.

"뭐? 씁탱아?"
"씁탱이? 사람을 쳤으면 사과를 해야죠? 게다가 내 핸드폰 액정이 깨졌잖아요?"
"핸드폰?"

어슬렁 다가온 이대영이 서명훈에게 얼굴을 들이밀었다.

"이 개쉐리가 어디서 사기 치려고? 야, 이 씁탱아, 양주 라벨 보니까 좀 사는 모양인데 내가 호구로 보이냐?"

불량기가 가득한 이대영, 서명훈의 따귀를 톡톡 치며 도발을 했다.

"이 사람이 그런데……."

화가 난 서명훈이 이대영을 밀었다. 그러자 이대영이 미친 듯이 달려들며 멱살을 조였다.

서명훈이 손을 뿌리치자 이대영이 벽에 뒤통수를 찧었다.

"아이고, 사람 살려. 이 자식이 사람 죽이네."

이대영은 할리우드액션까지 곁들이며 넘어갔다. 이들 형제
는 이런 부류였다. 다짜고짜 시비를 걸어 돈을 요구하는 인간
들⋯⋯.

"야야, 대영아."

스테이지에서 여자를 꼬이던 형 이대만이 달려왔다.

"재벌이 사람 잡는다, 사람 잡아!"

그가 서명훈의 허리를 붙들고 악을 쓰니 클럽 가드들이 이
들을 떼어놓았다. 서명훈은 결국 100만 원을 주고 시비를 벗
어났다. 자신이 잘못한 건 없지만 친구들의 기분을 잡칠까 봐
양아치 형제의 요구를 들어주었던 것.

문제는 다음 날 새벽이었다.

술에 절어 잠들었던 이대영의 형 이대만, 몸을 뒤척이다 눈
을 떴다.

"응?"

잠결에 돌아본 동생의 몸. 분위기가 심상치 않았다. 벌떡 일어나 흔들어보지만 동생의 반응은 없었다. 그길로 119를 불러 병원으로 달려갔지만 의사 역시 고개를 저었다.

「급성심근경색으로 인한 사망」

"어떤 충격을 받으면 시차를 두고 사망할 수도 있습니다."

의사의 설명은 이대만에게 불행 중 다행이 되었다.

'그 재벌풍 새끼들.'

이대만의 머리에 재벌 3세들 테이블이 떠올랐다. 동생은 그때 머리를 부딪쳤던 것. 이대만은 경찰에 신고를 했고 서명훈은 살인 혐의로 수사를 받게 되었다. 엮여도 이렇게 재수 없게 엮일 수가 있을까? 재벌 3세 서명훈은 똥 밟은 신세가 되고 말았다.

개망나니 형제 VS 탄탄한 재벌 기업의 3세.

끝장 막장의 형은 앞뒤 재지 않고 물고 늘어졌고 재벌은 선을 동원한 것 같았다. 바야흐로 끝장 승부. 그 승부의 장이 국과수로 옮겨진 것이다.

"이봐요. 당신이 국과수 에이스라던데 에이스건 에이씨건 난 상관 안 해. 하지만 이건 명심하슈. 의사가 말하길 우리 대영이 말이야, 설령 심장 문제가 있었다고 해도 이번 폭행 사건이 아니었으면 죽지 않았을 거라고 했거든. 그러니 엉뚱한 부검 결과 내면 내가 청와대 신문고를 울려서라도 그냥 안 넘어가. 알아?"

"이봐. 지금 누굴 협박하는 거야?"

수사관이 이대만에게 엄중 주의를 주었다.

"말이 그렇다는 거잖아? 돈 있고 빽 있는 놈들 속셈 모를 줄 알아? 씨발."

"아, 그만들 하시고요, 그러니까 클럽에서 실랑이를 벌인 후에 집으로 귀가했는데 자다 일어나 보니 동생이 죽어 있었다 이거로군요?"

"오케이."

"다른 정황은요?"

창하가 수사관을 바라보았다.

"없습니다. 이웃들이 이 친구들에게 학을 떼는 편이라 집 근처에 얼씬도 안 한다고 하더군요."

"아, 씨발. 왜 사건하고 상관없는 프라이버시를 흔드는데?"

"알았습니다. 그만 부검실로 가시죠."

창하가 마무리를 선언했다. 결과는 비극이지만 의학적으로
는 얼마든지 가능한 죽음이었다.

딸깍!

불이 꺼졌다 들어오면서 부검이 시작되었다.

"거 씨발, 살살 좀 다뤄서."

이대만의 불량기는 부검실에서도 잠들지 않았다. 광배가 노
려보는 걸 창하가 눈짓으로 말렸다. 공무원 신분으로 유족과
싸워 좋을 일은 없었다.

시비가 일어난 시간은 밤 11시 40분.

사망 추정 시각은 새벽 4시 40분경.

병원 도착 시각은 새벽 5시 5분.

"......!"

커버와 함께 비닐을 벗기자 고스란히 드러난 이대영의 시
신. 그도 형처럼 쾌남형이었다. 그럼에도 창하와 어시스트들
입에서 한숨이 새어 나왔다.

문신이었다.

목 아래에서 시작된 문신은 허벅지 위에서야 끝났다. 문신
자체에 놀라는 게 아니었다. 조악함 때문이었다. 가슴팍에서
배까지 새겨진 문신만 무려 여섯 가지. 등에 새겨진 것도 세
개가 각각이었다. 이건 정말이지 낙서에 다름 아니었다.

검시관들은 문신을 달가워하지 않는다. 문신 자체에 대한 혐오감이 아니었다. 문신이 있으면 외표 검사가 어렵다. 시반이나 멍이 문신 속에 숨기 때문이었다. 별수 없이 확대경을 들이댔다. 머리부터 발끝까지 새겨진 조악한 문신의 합은 무려 12가지.

"문신 쥐기네."

이대만은 추임새는 공허할 뿐이었다.

눈과 코, 입에 특별한 소견은 없었다. 손톱 밑에 뭔가가 꼈지만 그냥 때였다. 화려하게 학대한 거시기는 무사한 편이 아니었다. 염증 소견으로 보아 성병을 앓던 상태였다.

선명한 외표 손상은 단 하나, 뒤통수였다.

"그 개자식이 그렇게 만든 겁니다."

이대만이 끼어든다. 두정공과 람다봉합 사이였다. 작은 멍 소견이 나왔다.

'둔기……?'

창하 눈이 예리하게 움직였다. 열창은 보통 어떤 물체가 강한 충격을 가했을 때 나타난다. 시신은 시비 중에 벽과 충돌했다는 증언이 있었다. 그때 뒤통수가 벽에 부딪쳤다면 가능한 일이었다.

하지만…….

'……!'

열창 흔적을 살폈다. 멍이라고 다 같은 게 아니다. 멍은 출혈량과 출혈 부위의 손상 깊이에 따라 색이 달라진다. 좌상은 몇 시간 동안 푸른색이다가 진한 청색으로 바뀌고 보라색—녹색—갈색—노란색으로 변해간다. 헤모글로빈이 흡수되는 과정 때문이다.

찰칵!

사진으로 남겼다.

그런 다음 면봉으로 열창 부위를 긁어 샘플을 땄다.

이제는 절개 차례였다. 시신의 불두덩까지 내려가려던 창하, 쇄골 아래에서 잠시 메스를 멈췄다. 각도가 바뀌니 가슴팍의 문신 사이에서 다른 색감이 보인 것이다.

'멍 자국인가?'

메스를 멈추고 확대경을 들이댔다. 푸른 문신 색 사이에서 아른거리는 멍 자국. 너무 미세해 무시해도 될 것 같지만 멍은 멍이었다.

겨우 흔적뿐이다. 심한 폭행은 아니다. 어쩌면 클럽의 실랑이 중에 누군가의 손이나 물건에 눌렸을 수도 있었다. 어쨌거나 멍든 부위를 떼어놓았다.

다음으로 심장 확인에 돌입했다.

'......'

사인이 거기 있었다. 인체 엔진은 완벽하게 정지되었다. 급성심근경색의 전형적인 그림이었다.

찰칵.

사진을 찍었다.

다음으로 위를 절개한다. 위 속에 든 건 땅콩이었다. 제대로 소화되지 않았다. 사망하기 직전에 먹었다는 뜻이다. 기록만 하고 넘어간다. 내경 검사는 오래 걸리지 않았다. 마무리는 머리…….

양쪽 귀 뒤쪽을 연결한 채로 벗겨내자 작은 출혈이 보였다. 그대로 뇌에는 이상이 없었다. 클럽에서 벽에 부딪친 건 그리 심각하지 않았다는 방증이었다.

하지만 원발성 쇼크로 불리는 즉시성 생리사는 예측을 불허한다. 조금 과장해 말하자면, 이 쇼크로 죽을 사람은 손끝만 닿아도 사망하는 것이다.

그렇기에 미국에서는 조사 나온 수사관을 밀치고 달아난 용의자를 추격하던 수사관이 심장발작으로 사망하자 범인에 의한 타살로 결정된 사례도 있을 지경이었다.

함께 지켜보던 원빈의 긴장이 풀렸다. 심장의 문제로 드러났으니 부검의 마무리 시점이 온 것이다.

그런데…….

창하는 다시 가슴팍의 작은 멍에 홀려 있었다. 확대경을 대고 어떤 것이 닿았는지 파악하는 것이다. 찜찜하기 때문이었다. 그사이에 다른 검사 결과들이 나왔다. 알코올 외에 마약이나 독극물은 없었다.

원발성 쇼크.

얼마 후, 수사관이 창하 앞으로 다가왔다.

"뭐가 좀 나왔나요?"

"클럽 CCTV에서는 선생님이 원하는 게 없고 형제들 방 CCTV에서 이런 장면이……."

수사관이 전송받은 CCTV 동영상을 들이밀었다. 어두컴컴한 형제의 방. 형제가 흔한 장난을 하고 있다. 그러나 창하 눈에는 결코 장난이 아니었다.

"……!"

마침내 부검 결과서의 빈칸이 채워지기 시작했다. 창하가 밝힌 사인은…….

「사망의 원인—원발성 쇼크로 인한 급성심근경색, 사망의 종류—살인」

"오, 씨발, 정의는 살아 있네. 이제 빨리 가서 그 재벌 새끼 손에 은팔찌 채우셔."

결과를 들은 이대만이 수사관을 재촉했다. 하지만 그 수갑은 뜻밖에도 이대만의 손에 채워지고 말았다.

철컥!

*　　　　　*　　　　　*

드물게 나오는 사인이 머리에 맴돌았다. 그러나 후두의 열창과 가슴의 작은 멍 흔적이 마음에 걸린다. 만약 이 손상이 각각 다른 사람으로 인해 일어난 거라면 범인 특정에 문제가 될 수 있었다.

"수사관님."

만약을 위해 면봉으로 가슴팍을 문질러 DNA 검사를 보낸 창하, 그 자리에서 수사관을 돌아보았다.

"클럽에서 일어난 시비 장면 분석이 되었습니까?"

"그게… 워낙 어두컴컴한 곳인 데다 각도가 좋지 않아 시비만 확인이 되지 상세 확인은 불가능합니다."

"어떻게든 확인해 주세요. 사망자의 가슴을 때리거나 누른 사람이 있는지."

"그게 쟁점입니까?"

"사인 결정에 필요해서요."

"알겠습니다."

수사관이 경찰에 전화를 걸었다. 압수된 관련 CCTV의 추가 분석에 더해 목격자들, 일행의 진술에 대한 추가 조사가 실시되었다. 경찰은 애당초 클럽과 형제의 방 안에 설치된 CCTV를 체크했다. 형제는 외부에서 통제가 되는 CCTV를 추고 있었던 것. 두 곳에서 어떤 유의점도 나오지 않았다고 랬기에 추가 분석을 종료했던 것.

"선생님."

"씨발, 뭐야?"

이대만이 길길이 날뛰었다.

"뭐긴? 당신 동생 이대영의 살인범으로 체포하는 거야."

수사관이 답했다.

"살인범? 야, 이 새끼들아. 너희 새끼들 새뚜기에서 돈 처먹었지? 집단 폭행 한 건 그 새끼들인데 내가 왜 범인이야? 어디다 누명질이냐고?"

"헛소리 말고 이거나 봐라."

수사관이 동영상을 들이밀었다. 형제의 방에서 나온 CCTV 영상이었다. 잠들기 전의 형제는 팬티 차림이었다. 성공적인 하루를 축하하며 땅콩에 캔 맥주를 비웠다. 클럽의 음주에 입가심 맥주가 더해지자 노곤해지는 형제.

"씨발, 좀 더 부를 걸 그랬나?"

동생이 5만 원권 20장을 흔들며 웃었다.

"새끼, 너는 새가슴이라 성공 못 한다니까. 다음에는 한 천만 원 불러라."

툭!

형의 주먹이 동생의 가슴팍을 질렀다.

톡!

두 번째.

톡!

마지막 세 번째.

이 주먹은 마무리라 좀 강했다. 주먹질에 밀린 동생이 넘어갔다. 형은 그 옆에 누워 담요를 덮었다. 어떻게 보면 형과 동생의 흔한 장난들. 그렇기에 경찰도 검찰도 눈여겨보지 않았던 장면이었다. 하지만 창하는 달랐다. 이런 장면은 국과수의 부검 데이터에도 여러 건이 있었다. 그중에는 군 의문사도 포함이다. 부동자세로 얼차려를 받던 신병. 고참이 주먹으로 가슴을 몇 번 쥐어박자 그대로 쓰러져 죽은 적도 있었다.

"이게 뭐?"

이대만의 혈압이 한없이 올라갔다.

"이 씨발 새끼들아, 이건 그냥 장난이잖아? 장난."

"그 행위는 인정하는 거죠?"

창하가 나섰다.

"니미, 누명을 씌우려면 좀 잘 씌우시지. 이런 걸로 내 동생이 죽을 거였으면 백 번도 더 죽었어야 하거든."

"그게 바로 원발성 쇼크사라는 겁니다."

"그래서, 이 씨발 놈아!"

"클럽의 시비에서 가해자에게 밀리면서 머리 후두부를 부딪쳤죠? 형 되시는 분은 그게 사망의 원인이라고 믿고 계시고."

"오냐."

"그게 원인이라면 심장발작의 징후가 선명해야 합니다. 하지만 동생분의 경우에는 심정지가 즉각적이었습니다. 이런 경우가 바로 원발성 쇼크사입니다."

"뭔 개소리야?"

"원발성 쇼크사는 머리보다는 목이나 가슴, 명치, 성기 등의 접촉이 더 위험합니다."

"그래서? 장난으로 가슴 건드린 내가 내 동생 살인범이라고."

"동생의 가슴팍에서 당신 DNA가 나왔습니다. 자백에 CCTV에서도 증명되고 있고… 여기 좀 보실까요?"

창하가 동영상의 한 장면을 가리켰다. 정지된 화면이 커졌다. 소등을 했지만 실내에 내린 어스름으로 실루엣은 명쾌한 형제의 자취방. 동생이 가슴을 움켜쥔 장면이 보였다.

"당신의 주먹을 맞은 직후죠. 이때로부터 1~2분 후에 동생 심장이 멈췄습니다."

"말, 말도 안 되는……."

"원발성 쇼크사라는 게 그런 겁니다. 당신은 장난이었지만 동생은 장난이 아닌… 심지어는 목 헤드록 장난으로도 죽고 부부 관계 중에도 죽습니다. 혹은 당신 동생처럼 가슴팍을 몇 번 건드리는 것만으로도……."

"조까, 이거 모함이야. 너희 새끼들, 단체로 새뚜기 돈 처먹은 거야."

"가자고."

몸부림치는 이대만을 수사관이 밀었다. 밖에 있다 합류한 수사관 둘이 이대만을 제압해 나갔다.

"놔. 이 쑵탱이들아. 놓으라고."

그는 끌려 나가면서도 길길이 악을 썼다.

"이게 나라냐? 재벌이 사람 죽이면 피해자 가족에게 덮어씌우는 게 나라냐고?"

"선생님⋯⋯."

창하를 바라보는 원빈의 눈이 애처롭다. 가끔은 진실이 불편할 때도 있다. 오늘 같은 날이었다. 사실 이번 부검은 형제의 방에 설치한 CCTV가 아니라면 판단이 어려울 일이었다.

원발성 쇼크사는 난해하다. 보통의 경우에는 전혀 문제가 되지 않을 외력과 자극에도 심장이 정지하기 때문이다. 심장의 반응도 즉각적이다. 바로 멈추거나 길어야 3분 안쪽이다. 게다가 원인도 다양하다. 주로 목이나 가슴, 명치 등이 문제가 되지만 헤드록이나 음낭 충격도 위험하다. 심지어는 음식물이 목을 막아도, 낙태 수술의 경우에도 나타날 수가 있는 것이다.

하지만 부검으로서의 입증은 쉽지 않다. 목격자가 없거나 가해자가 거짓말을 하면 사건은 미궁으로 빠질 우려가 높았다.

"왜요?"

창하가 웃었다. 이만한 저주로 흔들릴 멘탈이 아니었다.

"일 도맡는 것만 해도 그런데 욕설까지……."

"그럼 어디 가서 욕 안 들은 귀 좀 사다 줄래요?"

"그럴까요?"

"얼마면 되죠? 카드도 될까요?"

"그런 귀는 현금거래 아닐까요?"

옆에 있던 광배도 조크 대열에 합류한다. 셋이 함께 웃다 보니 험악한 풍경을 잊어버리는 창하였다.

"선생님."

복도로 나오니 장혁이 다가왔다. 돌아간 줄 알았더니 아직 있었던 모양이었다.

"아직 안 가셨어요?"

창하가 물었다.

"예. 그게……."

"그럼 혹시 방금 그 사건?"

장혁이 주저하니 창하가 물었다.

"맞습니다. 제 사건이었습니다."

"검사님."

"제가 입회하면 선생님께 부담이 될까 봐… 형이 범인인 것으로 사인이 나왔다고요?"

"예."

"원발성 쇼크사라고요."

"예."

"선생님 실력을 믿지만 확실할까요? 재벌 3세가 엮인 일이라 봐주기 수사 논란이 있을 수 있습니다. 게다가 형제들이 워낙 양아치들이라 유전무죄 무전유죄라는 말이 나올 수도 있고요."

"재벌이라고 없는 죄를 만들어 씌울 수는 없지요."

"그렇죠?"

"예."

"아후, 부장님도 한시름 던 눈치십니다. 선생님께 인사나 좀 전해달라고 하시네요."

"별말씀을… 바쁠 텐데 어서 가보세요."

"알겠습니다. 범인이 바뀌는 판이니 저도 좀 바쁘기는 하네요. 나중에 차 팀장이랑 뭉쳐서 맥주 한잔하시죠."

인사를 남긴 장혁이 차에 올랐다.

'그래서 왔었군.'

멀어지는 차를 보며 생각에 잠겼다. 창하에게 부담이 될까 봐, 더 객관적인 부검을 위해 자신이 담당 검사인 걸 숨긴 사람. 정말이지 반듯한 장혁이었다.

띠롱따롱!

사무실로 가는 길에 전화기가 울렸다.

―나 센터장일세.

굵직한 저음이 흘러나온다. 본원이었다.

─이대영이라고 부검 끝났다고 들었네만.

소식 한번 빠르다.

"그렇습니다만."

창하가 담담하게 답했다.

─사인 나왔나?

"원발성 쇼크사입니다."

"범인은?"

─형으로 판단됩니다. 자기 전에 주먹으로 동생 가슴을 몇 번 쥐어박았는데 그게 쇼크사를 불러온 것 같습니다.

"서유한 회장님 손자가 아니다?"

─그렇습니다만.

"재벌 3세가 얽힌 일이니 여론이 엉뚱한 논란을 만들지 모르네. 부검 결과에 논란의 여지는 없는 건가?"

"사망의 원인이 될 만한 건 두 가지뿐입니다. 클럽의 시비 과정에서 머리를 벽에 부딪친 것, 또 하나는 형이 동생의 가슴을 쥐어박은 것. 클럽 시비는 큰 이상 없이 합의되었고 그로부터 5시간까지도 문제가 없었습니다. 하지만 형의 주먹은 즉시 반응이 나왔으니 달리 생각할 이유가 없습니다."

─명쾌하군. 원발성 쇼크사.

"예."

─수고했네.

전화가 끊겼다.

"본원 센터장님요?"

옆에서 걷던 광배가 물었다.

"예."

"그분 참 마당발이라니까요. 본원부터 지역 사무소까지 다 챙기시니……."

"예전부터 이러셨나요?"

"그럼요. 그분이 원장님 마음에 든 것도 그 재주 때문이죠. 야구로 치면 포수 같은 살림꾼이랄까요?"

"부검은 어떠세요?"

그게 궁금했다. 검시관이라면 역시 부검이다.

"잘은 모르겠는데 오랄 부검만은 달인급이었죠? 아마."

"오랄 부검요?"

"실제 부검보다 대외 발표라든가 브리핑 같은 거 말입니다. 그런 쪽에 능했어요. 하지만 미국 다녀와서 본원으로 간 후에는 잘 모르겠습니다. 미국 연수 다녀오신 후에 부각되는 선생님들도 있으니……."

"미국에 다녀오셨어요?"

"제대로 다녀왔죠. USMLE는 물론이고 ECFMG 시험도 통과해서 미국 ME를 가지고 있는 분입니다."

ME라면 미국의 법의관이다.

USMLE는 미국 의사 시험을 가리킨다. ECFMG는 외국 의학생 자격 심사 테스트. 미국이 아닌 나라 출신 의사들이 미국 내에서 의료를 할 수 있는 자격을 주는 라이센스였다.

"원장님이 팍팍 밀어주셨죠. 그래서 센터장도 맡긴 거고……."

"방성욱 선생님 계실 때였나요?"

"미국행은 방 과장님 사망한 이듬해였어요. 방 과장님이 사망하니 미국식 부검 테크닉에 대한 필요성이 대두되었죠. 그 혜택을 집중적으로 받은 게 센터장님이고요."

"부검이 뛰어난 건 아니라면서 어떻게 선택이 되셨을까요? 역시 오랄 부검?"

"듣고 보니 그렇네요? 이제야 생각나는데 그때 말들이 좀 많았거든요. 부검도 별로고 영어도 잘 못하면서 어떻게 미국행이냐… 하지만 한국 사람들, 누가 잘되면 다들 말이 많으니 그런가 보다 했습니다. 저희 어시스트들이 촌평할 일도 아니었고……."

"오늘도 선생님에게 많이 배우네요."

"배우다뇨? 국과수 에이스께서……."

"그럼 저는 자료실에 좀……."

"그러십시오."

광배가 멀어졌다.

창하가 부검 정보자료실 문을 열었다.

"오셨어요?"

여직원 한나가 반색을 한다. 이제는 이 정보실을 자기 방처럼 드나드는 창하였다. 이런 열정은 국과수 개원 이래 드문 일이었다.

"오늘도 어려운 사인 밝혀내셨다면서요?"

차 한 잔을 내주며 그녀가 묻는다.

"어, 그게 한나 씨 귀에도 들어갔어요?"

"왜 이러세요? 골방에 있지만 저도 국과수 직원이거든요."

"앗, 죄송……."

"아무튼 선생님이 우리 국과수 지도를 바꾸는 거 같아요. 이러다 본원에서 모셔 가는 거 아닌지 걱정되기도 하고요."

"말이라도 고맙습니다."

인사를 하고 원발성 쇼크사 기록을 체크했다. 복잡하거나 첨예한 부검은 여러 경로로 질문이 들어온다. 부검 자체도 중요하지만 사례도 중요하다. 공판에 증인으로도 불려 나갈 수 있으니 충분하게 대비하지 않을 수 없었다.

한 시간쯤 지나자 국과수 전체의 자료를 다 건져냈다. 미군 군정 시대에 벌어진 고급 기생 쇼크사까지 찾아낸 것이다.

"……!"

그러다 마지막 자료에서 시선이 멈췄다. 거기 적힌 검시관들 서명 때문이었다.

「방성욱」

「석태일」

두 사람의 이름이 나란했다. 그 또한 원발성 쇼크사였던 것.

'공동 부검을 하셨나?'

수기로 적혀 누렇게 뜬 부검 기록. 방성욱의 이름이 있으니 차근차근 짚어보았다.

'가만……'

읽어가다 보니 부자연스러운 게 있었다. 내친김에 석태일 센터장이 한 부검 자료까지 찾아냈다.

"……?"

창하 미간이 자꾸만 좁혀졌다. 그의 부검은 기계적이었다. 기본적인 것조차 놓치고 가는 것도 많았다. 하지만 방성욱과 공동으로 한 네 건의 부검은 달랐다. 자료부터 시원했다. 마치 눈앞에서 부검 시연을 하는 듯 명료한 과정이 나오는 것이다.

눈을 감는다.

부검대 앞에 방성욱과 석태일이 서 있다. 둘 다 검시관의 모습이지만 포스부터 다르다. 방성욱은 부검실을 압도한다. 어떤 시신이든, 어떤 조작이든 그의 눈을 피해 갈 수 없었다.

석태일은 다르다. 똑같은 가운을 입었지만 상황을 리드하지 못한다. 형사의 말을 쫓아가는가 하면 상황에 맞추는 쪽으로 흘러간다.

창하의 상상은 허튼 게 아니었다. 당시의 기록이 그걸 말해주었다. 석태일이 맡은 부검은 원인 불명의 불상이 많았던 것.

마지막 압권은 재부검이었다. 석태일이 한 부검을 방성욱이 6개월 후에 재부검하게 된 것. 당시 세상을 떠들썩하게 하던 재벌 며느리의 자살 건이었으니 석태일은 사인을 자살로 냈지만 방성욱은 타살 사인이었다. 검거된 범인은 그녀의 동창생.

'기분 더러웠겠군.'

그렇다면…….

"……!"

석태일의 입장을 읽어가던 창하 머릿속에 있던 방성욱과의 대화의 편린들이 우수수 솟구쳤다.

"시간이 나거든 내 사인도 밝혀주기 바란다."

잠시 망각하고 있었던 방성욱의 바람…….

방성욱의 사인…….

의심 가는 사람이 있군요?

그것도 네가 밝혀야 할 일이다.

가까이 있습니까?

그래. 아주 가까이…….

동기가 성립된다. 방성욱을 견제하거나 제거해야 할 동기.
그렇게 놓고 보니 석태일은 방성욱 사망의 핵심 키가 될 수 있
는 사람이었다.

제10장

—

하늘이 도운 자살 I

그러나 창하는 더 이상의 진도를 뽑지 못했다. 부검정보자료실에는 부검 데이터만 있기 때문이었다.

창하에게 필요한 건 방성욱이 에볼라에 감염된 날 부검 배정표였다. 그리고 그 부검을 배정한 담당자와 부검 시신의 신상이었다.

「문광조 36세 무직」

방성욱이 부검한 시신이었다. 그러나 그 시신의 사망원인은 장티푸스였다. 이런 사망진단이 나온 건 감염 초기에 발생하는 발열, 근육통, 오심, 구통 등의 증상들이 장티푸스와 유사하기 때문이었다. 그러니까 방성욱이 부검하지 않고 넘어갔다면 장티푸스 환자로 화장되었을 일이었다.

그렇다면 그 시신은 어떤 경로로 왔는가?

누가 방성욱에게 배정했는가?

우연이었는가 아니면 의도적이었는가?

"천 선생님."

자료실을 나온 창하가 광배네 사무실로 들어섰다.

"어, 선생님."

업무 일지를 작성하던 광배가 고개를 들었다. 원빈과 다른 어시스트들도 반가움을 표했다.

"잠깐 질문이 있는데요."

창하가 밖을 가리켰다. 광배가 따라 나왔다.

"옛날 업무 일지요?"

"네. 그것도 보관이 되어 있을까요?"

"되어 있기야 하겠지만 방금 말씀하신 거는 너무 옛날 거라……."

"없을까요?"

"행정 서류는 서고에 5년 동안 보관하거든요. 5년이 지나면 파기하니까 20년도 더 된 것은……."

"없겠군요?"

"아마 그럴 겁니다."

"아무튼 확인이 좀 안 될까요?"

"왜 그러시는지?"

"옛날 시스템을 좀 알고 싶어서요."

일단은 둘러댔다.

"기다려 보세요. 제가 지원과에 가서 키 얻어 올게요."

광배가 돌아섰다.

끼이.

구석의 서고가 열렸다. 안으로 들어서니 선반이 가득하다. 선반마다 행정 서류철들이 빽빽했다. 최근 서류를 지나 안쪽으로 향했다.

"아직 폐기하지 않은 것들도 있네요."

아주 잠시, 광배의 말이 위안이 되었다. 하지만 안쪽에 남은 건 10년까지였다. 20년이 넘은 건 극히 일부뿐이었다.

"없는데요?"

서류를 넘겨본 광배가 어깨를 으쓱해 보인다.

"그러네요."

"뭔지 말씀하시면… 장학수라고 국과수 행정통이 본원에 있는데 저랑 막역합니다. 그 친구도 저처럼 시작은 기능직이었는데 지금은 6급 달고 있거든요. 그 친구가 잡무에 행정 보조로 시작한 사람이라 국과수의 산 역사입니다. 높은 분들 비화까지도 빠삭하고요."

"믿을 만한가요?"

"그럼요. 아니면 제가 소개하지 않지요."

"그분은 서울에 오지 않나요?"

"가끔 출장을 옵니다. 경찰청과 행안부 관련 업무가 있을 때요."

"그럼 그때 한번 뵙게 다리 좀 부탁합니다."

"염려 마세요. 안 오면 제가 가서 멱살이라도 잡아서 데려오겠습니다."

광배의 목소리에 힘이 들어갔다. 늘 창하 편인 이 사람. 그래서 고마운 창하였다.

그런데 장학수와의 인연은 가까운 날에 연결이 되었다. 전임 국무총리의 방문이 예정된 날 광배가 달려온 것이다.

"선생님, 그 친구가 온답니다."

광배는 다소 상기되어 있었다.

"……?"

"전에 말했던 본원 장 주사 말입니다."

"아, 그분요? 정 후보님 때문인가요?"

"아닙니다. 숙부님 집에 사고가 난 모양입니다."

"사고라면?"

"숙부 되시는 분이 자살을 한 것 같습니다."

"……!"

말문이 막혔다. 국과수 직원들의 친인척과 지인들도 자살을 하는 경우가 있었다.

"해서 그 아들을 위로할 겸 들른다고 합니다. 제가 방금 연락을 받았습니다."

"하지만 그런 비보 분위기에서야……."

"이것도 인연인가 봅니다. 제가 오면서 과장님 말씀 들었는데요 목맨 자살이라 금방 끝날 것 같아 선생님께 배정했다고 하시더군요. 정 후보님 방문 시간과 맞춰주려는 모양입니다."

"그래요?"

"장 주사 쪽도 선생님이 부검한다고 하면 좋아할 겁니다. 듣자니 자식 사업 살리려고 보험금을 위해 자살을 한 모양인데 날짜를 잘못 짚어서 꽝이라고 합니다. 그러니 선생님이 매끈하게 부검을 마쳐주면 그나마 위로가……."

"날짜를 잘못 짚다뇨?"

"자살 특약이라는 게 2년 아닙니까? 2년 안에 자살을 하면 보험금을 주지 않죠. 그런데 이 양반이 나이를 먹다 보니 날짜를 잘못 계산했다고 하네요. 자살 일자는 어제인데 보험금은 오늘부터 해당이 된다고……."

"허얼."

한숨이 나왔다. 이게 무슨 황당무계란 말인가? 자살 자체도 비극이다. 그런데 보험금 타려고 시도한 자살이 하루가 모자라 보험금을 탈 수 없다니…….

자살 보험금…….

뜨거운 감자였다. 하지만 대법원의 판례로 어느 정도 정리가 되었다. 팩트만 짚는다면 이렇다. 손해보험사에 가입한 상품이라면 피보험자가 자살 시에 사망보험금이 나오지 않는다. 하지만 생명보험사에 가입한 상품이라면 일반 사망의 경우 보험금이 나온다. 다만 가입 후 2년이 경과되어야 한다. 사망자는 그 2년을 잘못 계산한 것이다.

따롱따롱!

광배가 나가자 전화기가 울렸다.

"이 선생, 부검 준비해요. 정 후보님이 출발하셨답니다."

백 과장의 통보였다.

"알겠습니다."

짧게 답하고 부검복을 입었다.

정병권 후보.

그의 행보는 인간적이었다. 사회의 어두운 그늘에서 묵묵히 일하는 직종 99개를 골라 격려하는 것으로 선거유세를 하고 있었다. 100에서 하나를 뺀 것은 그 자신이 대통령이 되어 수행하겠다는 의미가 담겼다.

99개의 직종 라인은 서울에서 제주까지 이어진다. 의학에서는 야간 당직의, 응급의학의, 부검의가 뽑혔다. 그중에서도 창하를 1번으로 찾아오는 정병권이었다.

"장 주사."

부검실에 가까워지자 광배가 주차장을 향해 손짓을 했다.

조카와 함께 있던 장학수가 다가왔다.

"우리 이창하 선생님."

광배가 창하를 소개했다.

"아이고, 이거 국과수 에이스님을 이렇게 뵙게 되네요."

장학수가 인사를 해왔다. 광배 연배의 장학수는 막걸리처럼 털털한 인상이었다.

"심려가 많으시겠습니다."

창하가 위로를 했다.

"아닙니다. 괜히 선생님들 번거롭게 하는 것 같아서… 하지만 제가 국과수 근무하다 보니 부검의 중요성을 알아서 그냥 지나칠 수도 없어서… 숙부 집이 본원 관할이 아니라 선생님께 폐를 끼치네요."

"폐라뇨? 잘하셨습니다."

"지금 가족들이 장례식장에서 대기 중이거든요. 끝나는 대로 장례식을 올릴 예정이니 잘 좀 부탁드립니다."

"예."

인사를 받고 대기실로 향했다. 장학수의 조카가 참관인으로 따라왔다.

"참, 이런 경우는 뭐라고 해야 할지……."

담당 경찰관도 난처한 모양이다. 보험금을 노리고 자살한 노인. 그러나 하루가 모자라 보험금을 받지 못하게 된 마당. 옆에 외동아들이 있으니 더욱 그랬다.

"어쨌든 경위부터 들어보죠."

창하가 자리를 권했다. 뻔한 결과라고 해서 절차를 생략할 수는 없었다. 그렇다면 그건 부검이 아닌 것이다.

"아드님이 설명하시죠."

경찰이 아들에게 설명을 맡겼다. 살인사건이 아니니 가능한 일이었다.

"저희 아버지……."

아들은 설명도 하기 전에 무너진다. 창하도 코끝이 찡해진다. 산 자와 죽은 자의 격차. 같은 공간에 있지만 달라진 존재감. 그래서 그 어떤 간절함으로도 메울 수 없게 되어버린 이 격차…….

"저 하나만 바라보고 사시던 분입니다."

부서질 듯 경련하던 어깨를 달랜 아들이 겨우 설명을 시작했다.

경기도 해안 끝에 달린 바닷가 마을에서 태어난 아들. 거의 신동이었다. 안양의 명문 안양고를 거쳐 S대를 마쳤다. 사업운도 좋아 승승장구를 했다. 남들이 다 하는 중국 진출을 하게 되었다. 활황기에 철퇴를 맞았다. 중국에 찍힌 대기업에 납품을 한 게 발단이었다.

주력상품에까지 딴죽이 들어왔다. 중국 측은 사사건건 시비를 걸어 반품을 해왔다. 설상가상 중국에 설립한 회사에 불이 나 종업원 네 명이 죽었다.

화재의 원인은 만취한 종업원들의 과실이었다. 하지만 중국 당국은 아들 공장의 안전시설 미비로 몰고 갔다. 아들은 파산이었다.

　설상가상, 아내는 중국 관리와 눈이 맞아 중국에 남았다. 아들은 폐인이 되어 바닷가 고향으로 돌아왔다. 홀아버지가 사는 생가였다.

　아들은 날마다 바다에 나가 살았다. 그걸 보는 늙은 아버지의 몸은 아들보다 빨리 야위어갔다. 아들을 돕고 싶었다. 하지만 방법이 없었다.

　통장의 비상금으로는 어림도 없고 해변의 낡은 집은 1,000만 원도 되지 않았다. 몸은 이미 병들었으니 품삯 일도 제대로 할 수 없었다.

　내 몸을 팔아서라도 아들이 재기할 수 있다면.

　아버지의 바람이 이루어졌다. 지인에게 보험을 알게 된 것이다.

　'2년.'

　자살이라면 2년이 지나야만 보험금을 받게 되는 보험. 너무 긴 시간이지만 쌈짓돈에 노령수당 등을 모두 털어 넣었다. 생활은 고물을 줍고, 바닷가의 소일로 연명하면 될 일이었다. 아버지의 투쟁은 그렇게 시작되었다. 2년이 평생보다 길었으니 하필이면 백내장까지 오게 되었다.

　마침내 2년이 되는 날 아침, 아버지는 새벽처럼 일어났다.

기분이 좋았다. 오늘에야 아들 얼굴에 웃음을 찾게 해줄 수 있게 된 것이다.

목을 매달 매듭은 이미 준비가 되었다. 바닷가 소나무에서 실험도 해보았다. 어부 출신이라 어구 다루던 솜씨로 만든 매듭. 황소라도 죽일 정도로 확실했다.

떠나기 전에 아들에게 보신이라도 해주고 싶었다. 그러자면 역시 낙지가 최고였다. 낙지에 조개탕을 끓이면 속이 확 풀려나간다.

아버지는, 아들이 썩은 속내를 다 비워내고 내일부터는 행복하기를 바랐다. 자신의 목숨값으로 나오는 보험금을 발판으로.

"저녁에는 일찍 오거라. 오랜만에 아버지랑 소주나 한잔하자."

아침 밥상머리에서 아들에게 말했다.

"오늘이 무슨 날인가요?"

아들이 담담하게 물었다.

"오늘 내가 인생 적금 타는 날이다."
"예?"

"몇억 될 거다. 그 돈으로 다시 재기하거라."
"아버지, 그런 말씀 없으셨잖아요?"

아들이 물었다. 아버지 형편에 몇억이라니……

"이게 만기가 되어야 하는 거라서 그동안 얘기 못 했다. 오늘이 만기니까 내일 찾으면 될 거다."
"그게 정말입니까?"
"그래. 네가 이렇게 살 사람이냐? 다시 활개를 쳐야지. 중국이든 미국이든……"
"아버지, 정말 그렇게만 된다면……"
"미리미리 사업 구상도 해놓거라. 좋은 여자도 다시 만나고… 너 버리고 간 그 여자 보란 듯이 행복하게 살아야지."
"아버지……"

아들 눈에서 눈물이 흘러내렸다. 이건 정말이지 일대 반전이었다. 완벽하게 무기력해진 아들. 그동안 여러 각도로 재기를 모색했지만 도움의 손을 주는 곳은 없었다.
아쉬운 대로 1억만 있으면……
아니, 5천만 원이라도……
파도 위로 무수히 날려 보내던 그 바람. 그 바람이 현실이 된 것이다.

"알겠습니다, 아버지. 그 정도 자금이면 저 재기할 수 있습니다. 보란 듯이 다시 서볼게요."

"그래."

아버지는 웃고 아들은 달려 나갔다. 사업에 폭망한 후로 저렇게 가뜬한 걸음은 처음이었다.

오후가 되자 아버지가 바닷가로 나갔다. 백내장으로 시야가 흐리지만 늘 다니던 길이니 괜찮았다. 바다에서는 눈보다 감각이 중요했다. 그는 오랜 경험을 발판으로 조개를 캐냈다. 얕은 물길을 따라다니며 바위를 엎었다. 젊을 때라면 뻘을 파겠지만 이제 그는 낙지보다 빨리 구멍을 파 들어갈 순발력은 없었다.

"……!"

반가운 촉감이 왔다. 김장용 분홍 장갑을 꼈지만 알 수 있었다. 통통하다. 왕낙지처럼도 보이고 작은 문어처럼도 보였다.

'바다야, 고맙다. 너하고도 안녕이야.'

인사를 하고 집으로 향했다. 평생을 여기서 살아온 아버지. 바다가 주는 작별 선물로 받아들인 것이다. 집으로 돌아와 낙지를 삶았다.

아랑아랑아리랑.

얼마 후에 핸드폰이 울렸다. 아들이었다.

"사업 아이템 알아보느라고요. 저 오늘 좀 늦을 것 같네요."

아들 목소리는 여전히 활기차게 들렸다.

그래.
듣기 좋구나.
너는 그렇게 살아야 어울려.

방으로 들어가 떠날 준비를 했다. 보험증서를 꺼내놓고 도장과 신분증을 올려놓았다. 간단하게 작별 메모도 남겼다.

「아버지가 먼저 간다. 보험금 찾아서 전처럼 활기차게 살다 오거라. 아버지는 어차피 늙어 죽을 목숨이니 슬퍼하지 말고. 이렇게 가는 게 요양병원에서 고려장되는 거보다 백배 낫거든.」

매듭 줄까지 매단 아버지, 다시 주방으로 나와 상차림에 들어갔다. 조개탕을 떠놓은 후에 낙지를 썰었다. 흐린 눈에도 낙지 색깔이 조금 이상했다. 돌낙지인가? 정성껏 접시에 담고 자투리 몇 조각은 입에 털어 넣었다. 그런 다음 방으로 들어가 매듭을 목에 걸었다.

톡!

작은 나무 걸상을 걷어참으로써 생을 마감한 것이다.

10시가 가까워서야 귀가한 아들, 아버지의 방에서 시신을 발견했다. 그 아래 놓인 보험증서도 보았다. 아들은 그 자리에서 무너졌다. 그제야 아버지가 말한 '만기'의 의미를 알게 된 것이다.

"아버지!"

아들의 통곡은 밤바다의 파도 소리보다도 높았다.

하지만 아들은 또 한 번의 충격을 만나야 했다. 경찰에 신고를 하고 보험회사에 연락을 하니 보험회사 직원이 달려왔다. 증서와 사망진단서를 본 그는 한마디로 말했다.

"이 보험은 사망일 자 다음 날이 만기입니다. 즉 하루가 모자라니 죄송하지만 지급할 수 없습니다."

"……!"

아버지의 자살에 이은 또 한 번의 청천벽력이었다. 여러 방면으로 알아보지만 보험회사의 설명은 틀림이 없었다.

하루.

아니, 정확히 따지면 고작 5시간 정도였다.

하지만 아들은 아버지를 원망하지 않고 그 마음을 받아들였다.

'아버지의 목숨값으로 제가 어떻게 사업을 하겠어요. 제 힘으로 다시 일어나 보겠습니다.'

아버지 시신 앞에 맹세하고 부검에 응했다. 이게 이 주검의 히스토리였다.

허얼!

부검실로 향하는 동안 창하는 한숨을 삭여냈다. 자살도 이렇게 기막힌 자살이 있을까? 그러나 그 아버지는 어떻든 절반의 성공을 이루었다. 아들이 실의를 딛고 일어설 결심을 하게 되는 계기는 된 것이다.

"부검 시작합니다."

선언과 함께 외표 검사에 들어갔다. 목에 남은 삭흔 형태는 전형적인 의사였다.

의사의 사망 기전은 누가 뭐래도 추골동맥이다. 이게 막히면서 뇌빈혈과 함께 죽음이 오는 것이다. 다만 삭흔은 '굉장히' 약한 편이었다.

찰칵!

카메라가 기록을 시작했다.

작은 상처들이 많았다. 바닷가 사람이니 다리와 팔에 작은 상흔이 많았다. 최근 상처는 손가락이다. 조개를 잡으러 나갔으니 조금 다칠 수 있었다.

그런 것들 외에 특이 외상은 없었다. 다만 안면의 울혈과 하방에 형성된 시반의 색깔은 다른 의사에 비해 적자색이 강했다.

찰칵!

작은 차이지만 카메라가 담았다.

이어 눈을 까보고 코와 입을 체크한다. 여기서도 문제가 없으면 머리와 배는 열지 않을 생각이었다. 안면 울혈과 적자색 시반은 의사에서도 보이는 소견이었던 것.

그래야 정병권 후보의 도착과 궤를 같이한다. 소장과 백 과장의 의도도 그것이었을 것이다. 복도에서 부검을 지켜보다가 창하가 나오면 악수하고 격려하는 것.

시신 눈의 백내장은 조금 심한 편이었다. 수술을 하지 않은 건 아마도 자살을 계획한 탓으로 보였다.

그런데…….

입속 검사에서 주목할 만한 소견이 나왔다. 구토의 흔적이었다.

「전형적인 의사자에게서 나온 구토 소견.」

아귀가 살짝 빗나갔다.

"현장 사진 좀 볼 수 있을까요?"

그냥 넘어갈 창하가 아니다. 경찰이 사진 몇 장을 보여주었다. 바닥에 누인 시신. 입을 보니 약간의 체액과 이물 흔적이 보였다. 검안이 끝난 후에 누군가 닦아낸 모양이었다.

별수 없이 절개에 돌입했다. 위를 보니 낙지인지 작은 문어인지 모를 내용물이 보였다. 사망 직전에 먹은 것이다. 그러나 음식은 사후에도 소화가 진행된다. 그렇기에 낙지인지 문어인지 특정할 수 없었다. 목까지 절개해 확인하니 기도가 막힌 건 아니었다.

그렇다면 웬 구토였을까? 구토는 분명 의사가 진행되기 전에 일어난 일이었다. 혹시 완벽한 자살을 위해 농약 등의 독극물도 같이 먹은 건 아닐까?

간을 비롯해 장기 검사에 돌입한다. 심장 혈액에 살짝 유동성이 비친다. 폐와 신장에서도 '울혈'의 소견이 나왔다.

이것 역시 질식사의 소견이다.

그러나 목을 매단 질식이 아니라 내호흡이 원활하지 않을 때 보이는 소견 쪽이다.

그렇다면 목을 매달기 직전에 내호흡에 문제가 생겼다는 증거였다. 그것도 전격적인 경우였다. 위의 내용물과 함께 채혈을 병행해 분석을 보냈다.

입속에서 발견한 구토의 작은 흔적. 여기서 시작된 창하의 디테일이 아버지와 아들의 운명을 바꿔놓고 말았다.

『부검 스페셜리스트』 6권에 계속…

초대형 24시 만화방

신간 100%, 샤워실, 흡연실, 수면실(침대석), 커플석, 세탁기 완비

▪ 광명 광명사거리역점 ▪

경기도 광명시 오리로 986 광명사거리역 6번 출구 앞 5층
02) 2625-9940 (솔목타워 5층)

▪ 강북 노원역점 ▪

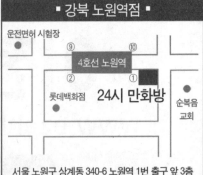

서울 노원구 상계동 340-6 노원역 1번 출구 앞 3층
02) 951-8324 (화용빌딩 3층)

▪ 일산 정발산역점 ▪

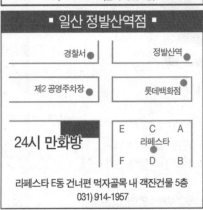

라페스타 E동 건너편 먹자골목 내 객잔건물 5층
031) 914-1957

▪ 일산 화정역점 ▪

경기도 고양시 덕양구 화정동 984번지 서일빌딩 7층
031) 979-4874 (서일사우나 건물 7층)

▪ 부천 역곡역점 ▪

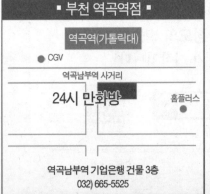

역곡남부역 기업은행 건물 3층
032) 665-5525

▪ 부평역점 ▪

(구)진선미 예식장 뒤 한신포차 건물 10층
032) 522-2871

너의 옷이 보여

킹묵 현대 판타지 소설
MODERN FANTASTIC STORY

꿈을 안고 입학한 디자인 스쿨에서
낙제의 전설을 쓴 우진.
실망한 채 고국으로 돌아오기 직전 교통사고를 당하고,
아무것도 보이지 않던 왼쪽 눈에
무언가가 보이기 시작한다.

그것도 어딘가 이상하게.

오직 그 사람만을 위한 세상에 단 한 벌뿐인 옷.
옷이 아닌 인생을 디자인하라!

디자이너 우진, 패션계에 한 획을 긋다!

Book Publishing CHUNGEORAM

유행이 아닌 자유추구 -
WWW.chungeoram.com